나는 아동학대전담공무원이다

나는 아동학대전담공무원이다

발　행 | 2022년 4월 25일
저　자 | 박기용
펴낸이 | 한건희
펴낸곳 | 주식회사 부크크
출판사등록 | 2014.07.15.(제2014-16호)
주　소 | 서울특별시 금천구 가산디지털1로 119 SK트윈타워 A동 305호
전　화 | 1670-8316
이메일 | info@bookk.co.kr

ISBN | 979-11-372-8064-9

나는
아동학대전담
공무원이다

박기용 지음

CONTENT

프롤로그   7

제1부   아동학대, 왜 이렇게 주목받게 되었는가?   15

　　1장. 아동학대전담공무원이란?   16

　　2장. 아동학대 업무를 맡기까지   24

　　3장. 아동학대전담공무원으로 근무하며 알게 된 사실들   28

　　4장. 아동학대와 관련된 주요 이슈   30

　　5장. 아동학대 조사를 왜 공공기관에서 하게 되었는가?   33

　　6장. 학대에 대한 막연한 생각   37

제2부   신체학대   42

　　1장. '사랑의 매'라고 들어보지 못했는가?   44

　　2장. 나 때는 이렇게 컸어!   46

　　3장. 내 애, 내가 때리는데 당신들이 무슨 상관이야!   60

　　4장. 학창시절, 선생님들은 왜 그렇게 때렸을까?   67

　　5장. 말 안 들으면 두드려 패라는데!   72

　　6장. 말을 안 듣는데 그럼 어떻게 해!   80

제3부 정서학대 85

   1장. 다~ 애 잘되라고 하는 소리지! 87

   2장. 부부싸움도 아동학대가 되나요? 96

   3장. 가정폭력이 무슨 아동학대야? 103

   4장. 겁만 주려고 한 거예요! 110

제4부 성학대 118

   1장. 제 핸드폰에 음란물이 있어요 120

   2장. 나는 술 먹고 그런 것, 기억 안 나! 125

   3장. 내가 그런 게 아니고 애가 좋아했어! 132

   4장. 계부의 협박으로… 139

제5부 방임학대 144

   1장. 왜 내가 방임을 했다고 하시는 거죠? 146

   2장. 출생신고 안 했는데요? 157

   3장. 저는 잘 몰라요 162

   4장. 베이비박스에 유기된 아이 166

제6부 집단시설에서의 학대 173

   1장. 훈육과 학대의 경계지점 175

2장. '타임아웃'이라는 훈육방법이에요   183

3장. 아이의 볼만 꼬집었을 뿐인데   189

4장. 아이가 너무 말을 안 들어요   196

5장. 사춘기 아동의 반항기를 잡으려다가   202

6장. 원장님, 알고 계셨나요?   208

제7부   소중한 아이들은 지금   217

1장. 비행청소년들과 있었던 이야기   219

2장. 계속되는 피해아동의 트라우마   225

3장. 설마 내 아이 어린이집 친구가...   230

4장. 나에게 감사하다고?   237

에필로그 : 우리가 나아가야 할 방향   245

프롤로그

　아동학대가 우리 사회에서 뿌리 뽑힐 그 날이 오기를 간절히 기도해 봅니다.

　아동학대 사건이 연일 이슈입니다. 칠곡 계모 아동학대 사망사건, 울산 입양아동 학대 사망사건, 청주 아동학대 암매장 사건, 정인이 사건 등 여러 사건이 있었으며, 최근에는 '미쓰백', '어린 의뢰인', '고백' 등 아동학대를 다룬 영화들이 조명을 받고 있습니다. 아동학대 사건들이 왜 지금에서야 쟁점이 되는 것일까요? 예전에는 아동학대가 없다가 최근 들어 생기기 시작한 것일까요? 정답은 '아니다'일 것입니다. 지금 논쟁거리가 된다는 것은 '아이가 말을 듣지 않으면 때려야 한다.', '체벌 = 훈육'이라는 고정관념이 사라지고 있다는 것이며, 아동의 권리를 보호하려는 인식이 강해지면서 아동학대를 바라보는 관점이 달라졌기 때문이 아닐까요? 우리 사회가 조금 더 성숙하고 있다는 증거로 볼 수 있겠습니다.

　2021년 1월부터 민법상 '징계권'[1]이 폐지되었습니다. 기존에 있었던 이 조항은 아동학대 신고가 있었어도 학대

가해자가 "민법상 징계권이 있고 아동을 올바르게 키우기 위한 절차였다."라고 주장을 하면 일부 받아들여질 수밖에 없는, 가해자에게 유리하게 적용될 수 있는 조항이었습니다. 징계권의 폐지는 아동학대 가해자들이 주장할 수 있었던 민법상의 권리, 즉 체벌이 정당하다고 주장할 수 있는 여지가 없어진 것이므로 아동학대 예방의 긍정적 신호탄으로 볼 수 있습니다.

  2020년 10월부터 아동학대 신고와 관련된 큰 변화 점은 그동안 민간기관(아동보호전문기관)에서 하던 아동학대 조사업무를 공공기관(시군구 아동학대전담공무원)에서 하는 것으로 변경된 것입니다. 민간에서 아동학대 조사를 할 때, 민간 상담사들이 공권력이 없어 아동학대 가해자들을 조사하면서 문전박대를 당하는 경우가 많았고, 법령 및 조사할 수 있는 권리를 요구하는 등 가해자들의 지적이 잇따라 학대조사 과정에 많은 어려움이 있었습니다. 또한 조사업무와 사후관리(사례관리) 업무를 같이 하다 보니 심층적인 사후관리가 어려웠습니다.

---

1) 법 개정 전까지 915조(징계권)에 '친권자는 그 자를 보호 또는 교양하기 위하여 필요한 징계를 할 수 있고 법원의 허가를 얻어 감화 또는 교정기관에 위탁할 수 있다.'고 되어 있었음.

이러한 문제들을 해결하고 전문성을 높이고자, 2020년 10월부터는 아동학대 신고가 들어오면 아동학대 사실 여부 조사는 지방자치단체에서 하고 이후 학대 피해아동으로 판단된 아동들의 사후관리는 아동보호전문기관에서 하는 것으로 역할을 나누었습니다.

이에 따라 각 지방자치단체에서 아동학대 조사 공공화 확립을 위해 많은 자원을 투자하고 있고, 아동학대를 조사하는 아동학대전담공무원을 확충하였으며, 요보호아동들을 입양·시설 입소 지원·가정위탁 등의 업무를 하는 아동보호전담요원을 모집하였고 일부 지방자치단체는 준비하고 있습니다.

아동학대 예방의 날은 11월 19일입니다. 11월 19일부터 일주일 동안을 아동학대예방 주간으로 지정하여 각 지방자치단체, 관련 기관에서 아동학대 예방 홍보·캠페인·기타 행사를 합니다. 이러한 홍보활동으로 많은 분이 아동학대예방에 대해 조금이라도 인지하시기 바라봅니다.

본문에서 제가 직접 아동학대 조사 현장에서 경험한 여러 학대 사례들을 이야기 형식으로 살펴보겠습니다. 우리 사회에 내가 들여다보지 못한 곳곳에서 학대가 있었다는 사실을 알게 되면 '나는 우리 아이들에게 어떻게 하고 있는지' 또는 '내가 후에 만나게 될 아이들에게 어떻게 대해야 하는지' 생각해보는 시간이 될 것입니다.

제가 많은 가정의 학대 사례들을 보면서 충격적이었던 것은 대부분의 아동학대 가해자들이 부모님이라는 것입니다. 그리고 학대를 한 부모님들 대부분이 본인의 행동이 학대라는 것을 전혀 인지하지 못하고, 학대라고 이야기하면 화를 내거나 학대를 가했다는 사실 자체를 강하게 부정한다는 것입니다.

독자분들께서는 이 책을 통해 아이에게 잘못하고 있는 부분이 있다면, 설사 그것이 의도든 의도가 아니든, 스스로 반성해볼 수 있는 시간이 될 것이라고 믿습니다.

제1부에서는 아동학대가 왜 이렇게 주목받게 되었는지 살펴볼 것입니다. 이에 대해 새롭게 알게 된 사실들, 주요 이슈, 아동학대 조사를 공공에서 하게 된 이유, 학대에 대한 막연한 생각의 장에서 알아보도록 하겠습니다.

제2부에서는 신체학대와 관련된 내용을 살펴보겠습니다. 우리가 일반적으로 쉽게 이해할 수 있는, 일반적으로

아동학대를 떠올렸을 때 가장 먼저 떠오르는, 아이들을 때리는 것과 관련된 몇 가지 이야기들을 6개의 장으로 구성하였습니다.

제3부에서는 정서학대와 관련된 내용을 담았습니다. 학대라고 했을 때 일반적으로 때리는 것만 학대라고 생각하기 쉽습니다. 그러나 아이에게 신체 상흔이 없더라도 아이의 정서발달에 부정적인 영향을 미칠 수 있는 것만으로도 학대가 될 수 있다는 것을 4개의 장을 통해 말씀드리고자 합니다.

제4부에서는 성학대와 관련된 내용을 다루어 보고자 합니다.

제5부에서는 방임, 유기학대에 대한 내용을 살펴보겠습니다. 아이를 신체적으로 때리거나 아이에게 욕설을 사용하지 않더라도 학대가 될 수 있는 사례들을 4개의 장으로 구성했습니다.

제6부에서는 집단시설에서의 학대로 구성하였습니다. 어린이집, 유치원, 학교에서 일어났던 사건들을 5개의 장으로 다루었습니다.

마지막 제7부에서는 제가 현장을 다니면서 겪었던 일 중에서 가장 기억에 남고 특성이 있었던 사례들을 4개의 장으로 구성하였습니다.

아동학대 신고 사례들을 전담공무원들이 순서대로 맡고 있는데 신고 패턴이 있는 것인지 직원 개별로 맡은 사건들이 특성이 있습니다. 어떤 직원은 주로 비행 청소년 사건을, 어떤 직원은 주로 아동복지시설[2]로 입소 조치한 사례를, 또 어떤 직원은 부부싸움 노출 사건을 주로 맡게 되었는데 저의 경우 모든 사건을 맡아 보았지만 두드러지게 어린이집, 유치원, 학교, 아동복지시설 등 집단시설에서 일어난 사건, 방임·유기 사건을 주로 맡았습니다.

어쨌든 이후에 다루게 될 이야기들은 제가 직접 현장에서 상담하고 조사를 한 것이나 개별 사건들이 특정인을 100% 묘사하는 것은 아니라는 점을 밝혀두고자 합니다. 개인정보 등의 문제가 있어 특정인을 똑같이 반영하지는 않았습니다. 학대 종류별로 여러 가지 비슷한 사건들이 있으므로 사건별 비슷한 여러 사례를 혼합하여 기록한 것

---

[2] 아동양육시설, 아동일시보호시설, 아동보호치료시설, 공동생활가정, 자립지원시설, 아동상담소, 아동전용시설, 지역아동센터, 아동보호전문기관, 가정위탁지원센터 등

이라고 할 수 있습니다. 또한 피해아동의 성명은 모두 가명을 사용했음을 밝혀둡니다.

이 책은 제가 집필을 하였으나 저의 능력만으로 된 것은 아닙니다. 많은 분의 도움이 있었기 때문에 이 책이 완성되었다고 생각합니다.

각 지역에서 아이들을 위해 밤낮으로 일하며 노고를 아끼지 않는 아동학대전담공무원, 아동보호전담요원, 아동보호전문기관, 기타 아동 관련 전문가분들께 큰 박수를 보내드리고 싶습니다. 특히 저와 같이 아동학대 현장에서 분투하고 있는 박영동, 김지영, 김해원, 강경환, 이지원, 김지민, 배효정 주무관에게 항상 수고가 많다는 말씀을 전해드리고 싶습니다.

어려운 시절이었음에도 아무 탈 없이 저와 아내를 잘 키워주신 양가 어르신들께 감사의 말씀을 드리며, 원고검토에 적극적으로 응해주신 어머께 한 번 더 감사의 말씀을 드립니다.

한번은 야간이나 주말에 급한 신고 건으로 현장에 나가야 하는데 제 아들이 "아빠 어디가? 가지 마. 나랑 놀자."

라고 말을 하는데 갑작스레 눈물이 앞을 가린 적이 있습니다. 상처받은 아이가 아닌 명랑하고 해맑은 아이로 자라나도록 하겠다고 사랑하는 아들에게 약속하고 싶습니다.

끝으로 제 아내 백호정 양은 제가 아동학대전담공무원으로 평일 주야간, 주말 간에도 일함에도 이해해주고 물심양면으로 내조해주었으며, 바쁜 업무로 힘든 가운데 원고검토에 적극적으로 응해주었습니다. 또한 제가 부족한 아빠임에도 너그럽게 이해하고 사랑으로 감싸주며 저의 부족한 아빠 역할까지 대신해주는 나의 아내 백호정 양에게 진심으로 사랑하고 감사하다는 말씀을 전하고 싶습니다.

2022. 4. 새벽 5시 30분 서재에서

박 기 용

제 1부 아동학대,
왜 이렇게 주목받게 되었는가?

아동학대가 어떻게 이렇게 많은 주목을 받게 되었을까요? 1부에서는 아동학대 사건들을 구체적으로 다루기 전에 아동학대전담공무원이 무엇인지, 아동학대 조사업무가 어떤 사유로 지방자치단체에서 하게 되었는지 등 아동학대와 관련된 개괄적인 내용을 다루어보고자 합니다.

1장. 아동학대전담공무원이란?

아동복지법 제22조(아동학대의 예방과 방지 의무) 제3항과 제4항에는 아동학대 신고접수, 현장조사, 응급보호, 피해아동·피해아동의 가족 및 아동학대 행위자에 대한 상담·조사, 기타 학대 관련 업무를 하는 아동학대전담공무원에 관한 규정이 있습니다.

그런데 '아동학대전담공무원'라는 용어부터 무언가 특이합니다. 아동학대에 관한 업무를 하는 것 같기는 한데, 잘못 해석하면 아동을 학대하는 공무원 같기도 합니다. 학대 예방, 피해자 보호·지원, 학대 피해 사후관리 등을 담당하는 경찰관을 '학대예방경찰관3)'이라고 하는데, '아동학대전담공무원'을 '아동학대예방공무원'이라고 했으면 더 좋지 않았을까 하는 아쉬운 마음이 듭니다.

---

3) APO(Anti-Abuse Police Officer)

그럼 아동학대전담공무원은 어떤 업무를 할까요?

경찰이나 지방자치단체로 아동학대 신고가 접수되면, 피해아동의 인적 사항을 확인하고, 아동을 당장 아동복지시설로 입소시키거나 다른 가정으로 보내야 하는 등의 긴급한 상황인지 아닌지 판단합니다. 긴급한 상황의 경우에는 바로 학대 현장에 출동하여 피해아동과 학대의심 행위자, 보호자 등 관련인을 조사하고 필요한 조치를 취합니다. 그러나 긴급한 상황이 아닐 경우는 피해아동, 학대행위자, 피해아동의 보호자, 형제·자매와 조사 일정을 정한 후 순서대로 조사를 진행합니다.

이렇게 조사하고 난 자료를 토대로 팀 내에서 자체사례회의4)를 거쳐 학대 여부를 판단하고, '학대 사례'로 판단된 건은 아동보호전문기관에 사례를 연계합니다.

일반적으로 이렇게 진행하나, 피해아동과 가해자의 진술이 일치하지 않는 등 팀 자체적으로 학대여부를 판단하기 어려우면 최대한 객관성을 확보하기 위해 지방자치

---

4) 아동학대 조사를 통해 확인된 자료와 동행한 다른 조사자의 의견 등을 종합적으로 제시. 현장판단 이후 판단유형이 변경되거나 학대유형이 추가 또는 변경 필요한 부분을 확인. 아동학대사례 여부를 판정(2022년 아동학대 대응 업무매뉴얼 p.257참고)

단체 내 사례결정위원회5) 회의를 통해서 학대여부를 결정합니다.

그러면 아동 상담, 심리치료전문가로 구성된 아동보호전문기관에서 피해아동에게는 심리검사·치료 등을 지원하고 학대가해자에게는 아동학대 예방프로그램 등을 제공합니다. 심각한 학대 행위가 있었던 사건일 경우 경찰에 수사를 의뢰하기도 하며, 경찰에서 자체적으로 수사를 진행하기도 합니다. 학대 사례로 판단하지 않은 사건은 '일반사례6)'로 분류하여 아동보호전문기관에 연계하지 않고 종결됩니다.

아동학대는 범죄와 직결되며, 형사사건으로 처리되는 경우가 많습니다. 또한, 경찰에서 가정폭력 사건을 조사하는 과정 중에 아동학대가 의심되면(아동이 가정폭력 장면을 목격한 경우 등) 아동학대전담공무원에게 연락을 줍니다. 이처럼 아동학대전담공무원은 업무를 하면서 경

---

5) 각 지방자치단체 아동복지심의위원회 산하에 현장 전문가 중심으로 아동의 보호조치 및 퇴소조치를 심의하는 기구. 사례결정위원회 설치 의무화(아동복지법)

6) 아동학대 사실이 확인되지 않은 사례. 학대 사실은 없으나 단순히 복지서비스 혜택이 필요한 경우는 복지서비스 연계 실시

찰, 아동보호전문기관과 긴밀히 연관되는 경우가 많습니다.

아동학대조사에서의 필수 대면조사자[7]는 피해(의심)아동, 아동학대행위(의심)자, 피해(의심)아동의 보호자, 피해(의심)아동의 형제·자매, 보육·교육기관 종사자, (의료인이 신고한 경우)의료인, 동거하는 아동, 이웃 등입니다.

교육기관이나 의료기관에서 아동학대 신고를 하는 경우, 신고자는 아동학대 신고의무자인 경우가 많습니다. 그러면 아동학대 신고의무자는 누구일까요?

아동학대범죄의 처벌 등에 관한 특례법 제10조(아동학대범죄 신고의무와 절차)에 아래와 같이 아동학대 신고의무자를 규정하고 있습니다.

1. 아동권리보장원 및 가정위탁지원센터의 장과 그 종사자
2. 아동복지시설의 장과 그 종사자(아동보호전문기관의 장과 그 종사자는 제외)

---

7) 2022년 아동학대 대응 업무매뉴얼 1권 p.73 참고

3. 아동복지전담공무원

4. 가정폭력피해자 보호시설의 장과 그 종사자

5. 건강가정지원센터의 장과 그 종사자

6. 다문화가족지원센터의 장과 그 종사자

7. 사회복지전담공무원, 사회복지시설의 장과 그 종사자

8. 성매매피해상담소의 장과 그 종사자

9. 성폭력피해상담소, 성폭력피해자통합지원센터의 장과 그
   종사자

10. 119구급대의 대원

11. 응급의료기관 등에 종사하는 응급구조사

12. 육아종합지원센터의 장과 그 종사자, 어린이집의 원장
    등 보육교직원

13. 유치원의 장과 그 종사자

14. 아동보호전문기관의 장과 그 종사자

15. 의료기관의 장과 그 의료기관에 종사하는 의료인 및
    의료기사

16. 장애인복지시설의 장과 그 종사자로서 시설에서 장애
    아동에 대한 상담·치료·훈련 또는 요양 업무를 수
    행하는 사람

17. 정신건강복지센터·정신의료기관·정신요양시설·정신재활
    시설의 장과 그 종사자

18. 청소년시설 및 청소년단체의 장과 그 종사자

19. 청소년 보호·재활센터의 장과 그 종사자
20. 학교의 장과 그 종사자
21. 한부모가족복지시설의 장과 그 종사자
22. 학원의 운영자·강사·직원 및 교습소의 교습자·직원
23. 아이돌보미
24. 취약계층 아동에 대한 통합서비스지원 수행인력
25. 입양기관의 장과 그 종사자

위와 같이 법률에서 아동학대 신고의무자를 규정하고 있지만, 아동학대 신고는 누구나 할 수 있습니다.

누구든 아동학대가 의심되면 곧바로 112나 각 지방자치단체 아동학대 신고 전용전화로 연락을 주시면 됩니다. 적극적인 신고 정신은 아동학대를 미리 방지할 수 있는 지름길입니다.

그렇다면 아동학대 사건에 대해 지방자치단체와 경찰은 같은 판단을 내릴까요?

정답은 '같을 수도 있고, 다를 수도 있다' 입니다.

각 기관에서 내리는 판단과 사건 진행 절차가 같다고 생각하는 경우가 많은데, 각 기관의 목적이 다르기 때문

에 같은 사건이라도 판단이 다를 수 있습니다. 지방자치단체는 피해아동의 심리서비스 지원, 가족기능 강화, 아동학대 예방 등을 목적으로 하며, 경찰에서는 학대행위자의 구체적인 학대 또는 범죄 행위를 수사하여 확인된 죄목에 대해 처분하는 것을 목적으로 합니다. 그러므로 같은 사건을 두고 지방자치단체에서는 아동학대로 판단을 하나 경찰에서는 아동학대가 아니라고 판단하는 경우가 있습니다.

한번은 이런 경우가 있었습니다. 아동에게 부부싸움 장면이 노출된 사례였는데, 지방자치단체에서 개입하고 경찰에서도 수사를 진행한 사건이었습니다. 지방자치단체는 아동의 복지서비스 지원, 심리치료 등 사후관리를 목적으로 하므로 아동학대를 넓게 해석하여 해당 가정에 아동학대가 있었다고 판정을 하였습니다. 하지만 경찰에서는 혐의를 가려내는 것이 목적이므로 부부싸움 했던 것이 아이에게 직접적인 피해를 준 것은 아니므로 학대 혐의가 없는 것으로 판정을 했습니다. 저는 아동의 부모님께 아동학대 사례로 가정에 개입할 것이라고 안내를 드렸으나, 아동의 부모님은 경찰에서 혐의가 없는 것으로 최종판결이 되었는데 왜 시청에서 아동학대라고 하느냐며 지속해서 이의를 제기하였던 경우가 있었습니다.

또 한 번은 교육기관에서 일어났던 학대 사건이었습니다. 교사에 의한 아동학대 의심 신고로, 지방자치단체와 경찰에서 개입하여 조사하였습니다. 제가 소속된 지방자치단체는 아동과 학대 행위자의 진술을 확보한 후, 정서적 피해 방지를 위해 신속하게 아동학대 판정을 하였습니다. 그러나 경찰에서는 아동과 학대 행위자의 진술 확보 후 수사, 검찰 송치, 법원 판결까지의 과정을 거쳐야 하므로 학대 피해자와 가해자를 결정짓는 데 다소 오랜 시간이 걸렸습니다. 그 과정에서 피해아동의 부모님은 지방자치단체에서는 학대가 있었다고 판정을 했는데 왜 교육기관에서는 경찰 수사 결과가 나오지 않았다며 학대가 있었던 것을 부정하는지 교육기관에 불만을 터뜨리셨습니다.

 이처럼 아동학대 사건은 지방자치단체와 경찰의 판단이 다소 상이할 수 있으며, 사건을 처리하는 근거와 목적이 다르다는 것을 알고 계시면 좋을 것 같습니다.

2장. 아동학대 업무를 맡기까지

　저는 현재 지방자치단체에서 아동학대전담공무원으로 근무하고 있습니다. 그런데 사실 제가 처음부터 이 업무를 원했다거나 전보 신청을 해서 전담공무원이 된 것은 아닙니다.

　저는 원래 구청에서 사회보장서비스 대상자들[8])에게 복지급여[9])를 지급하고 개인, 가족, 문중 묘지·자연장지 설치·허가, 불법 묘지 민원처리 등 장사법[10]) 관련 업무를 맡고 있었습니다.

　2020년 7월 인사이동이 있는 날이었습니다.

---

8) 국민기초생활보장대상자, 차상위계층, 장애인, 한부모가족 등
9) 생계급여, 의료급여, 주거급여, 장애인연금, 차상위장애수당, 기초연금, 한부모가족 자녀양육비 등
10) 장사 등에 관한 법률

저는 추진하고 있던 업무들이 몇 가지 있었고 제가 모셨던 과장님께 하반기에도 구청에 머물러서 지금 하고 있는 업무를 마무리해보고 싶다고 말씀을 드린 상태였습니다. 더구나 구청에서 근무한 지 1년밖에 되지 않아 당연히 저는 인사이동 대상자가 아니라고 생각하며 전혀 긴장하지 않고 있었습니다. 그런데 옆에 있던 팀원이 저에게

"주사님! 시청 발령 났어요!"라고 알려주었습니다.

당시에 저는 하고 있던 업무가 잘 맞았고 차츰 적응이 되어 가는 중이었는데, 갑자기 시청으로 인사발령이 났다는 소식에 매우 당황스러웠습니다.

제가 왜 갑자기 시청으로 가게 되었는지, 새로운 부서에서는 무엇을 하게 될지 알아봤습니다.

아동학대 현장조사를 하는 업무가 지방자치단체로 이관되면서 새로운 팀이 생겼다고 합니다. '아동학대 관련 업무는 아동보호전문기관에서 하는 것 아닌가? 그것을 왜 우리가 하게 된 것인데?'

'새로운 팀? 오~ 맙소사! 이제 나 뭐 해야 해!'

얼떨결에 사령장을 받고 사무실에 갔는데 컴퓨터도 없이 새 책상만 3개가 덩그러니 놓여 있었습니다. 앉을 의자는 있어서 그나마 다행이었습니다. 같이 발령받은 팀장님과 다른 주무관은 발령 직후 세종시로 이틀간 교육을 가서 팀원인 저 혼자 사무실 책상에 앉아 아동복지 관련 사업지침만 봤던 기억이 있습니다.

교육을 다녀온 팀장님께서는 갈 길이 멀다고 말씀하셨습니다. 당장 해야 할 업무들을 쉴 새 없이 얘기했습니다. 아동학대 예방 및 피해아동 보호에 관한 조례 제정, 유관기관들과 협업체계 마련, 청사 내 아동상담실 공사, 아동학대 조사공무원 인력충원, 긴급전화 설치 등 앞길이 구만리 같았습니다.

아동학대전담공무원의 전문성을 유지하기 위해 아동학대 예방 및 피해아동 보호에 관한 조례에 아동학대전담공무원의 필수보직 기간을 2년 이상으로 반영해 놓았습니다. 아무런 준비도 없이 백지 상태의 업무를 떠맡게 되면서 도대체 뭘 어떻게 해야 할지 몸도 마음도 편치 않았습니다. 다시 입대한 느낌이 이랬을 겁니다.

새로 만들어진 아동보호팀으로 발령받은 3명의 직원은 매일 아동보호전문기관을 방문하여 실습과 현장조사 업무를 파악해 나갔습니다. 아동보호전문기관 조사팀 직원이 하는 일을 지켜보며 필요하거나 중요한 내용은 따로 기록해 가며 차곡차곡 업무 준비를 했습니다.

조사과정에서 상담하는 방법은 지침을 통해 먼저 숙지한 후, 저만의 아동과 학대 행위자별 시나리오를 만들어 암기했습니다. 암기한 조사 시나리오를 바탕으로 조금씩 현장조사 업무를 몸에 익히기 위해 노력했으며, 시간적 여유가 있을 때는 항상 조사 시나리오를 되뇌었습니다.

새로운 길을 개척하는 첫 발걸음부터 순조롭지는 않았지만, 아동보호전문기관의 관장님, 팀장님 이하 직원 분들이 친절하게 잘 알려주셔서 한 걸음씩 나아갈 수 있었습니다.

3장. 아동학대전담공무원으로 일을 하게 되며 알게 된 사실들

아동학대, 어떻게 이렇게까지 주목받게 되었을까요?

아동학대란 게 요즘 들어 갑자기 생겨난 것은 분명 아닐 것입니다. 예전부터 쭉 계속 되어 왔는데 어느 누가 아동학대라고 감히 생각이나 했겠습니까? '아동학대'란 말 자체가 생소하기도 했고, 그냥 늘 해 오던 행동들이라 백안시 했을 수도 있습니다. 제가 어렸을 적에는 어른들이나 교사의 말을 듣지 않으면 회초리로 맞거나 벌을 받는 것은 당연하다고 여겼습니다.

'Latte is horse'

이 시대를 살고 있는 대부분의 성인들은 학창 시절에 수시로 체벌을 받았었고, 또한 체벌 현장을 빈번하게 목격했습니다. 이런 것들은 지금 기준으로는 모두 아동학대 신고 대상입니다. 성인들은 잘못하면 맞아도 되는 것 마냥 맞으면서 자라왔고, 체벌을 통해 정신 차리게 되었다고 말하는 사람도 있지만 지금은 시대가 변했다는 것을 인지할 필요가 있습니다.

제가 아동학대전담공무원 일을 하면서 그동안 몰랐던 새로운 사실을 알게 되었습니다. 그것은 바로 아동학대 신고가 생각했던 것보다 많이 들어오고, 아동학대가 주변에서 흔하고 빈번하게 일어나고 있다는 것입니다.

이렇게 주변에서 아동학대가 많이 일어난다는 것은 누구나 아동학대 가해자가 될 수 있다는 것입니다.

그래서 저는 부모가 되기 전 예비 부모들이 아동학대 예방교육, 부모교육을 이수할 필요가 있다고 말씀드리고 싶습니다.

4장. 아동학대와 관련된 주요 이슈

　여러 가지 아동학대 사건들이 보도되며 영화, 다큐멘터리, 영상매체, 기타 매체 등이 제작되었습니다. 잘 알려진 아동학대 사건으로 계모가 의붓딸을 무참하게 살해한 2013년 칠곡계모 아동학대 사망사건, 입양아를 여러 차례 학대하여 의식을 잃고 숨지게 한 2014년 울산입양 아동 학대 사망사건, 입양한 8개월의 여자아이를 입양부모가 2020년 살해한 정인이 사건 등이 있습니다.

　이외에도 인천 계부 아동학대 사망사건, 천안 계모 아동학대 사망사건 등 너무나도 많은 아동학대 사건이 있지만, 이것과 관련된 내용을 다룬 도서가 있고, 미디어 플랫폼11), 기타 매체를 통해 개별 사건들에 관한 내용을 쉽게 알 수 있어 사건에 대한 논의는 여기까지 하겠습니다.

---

11) 미디어 서비스나 콘텐츠가 구현되는 환경 또는 기반

아동학대와 관련된 영화는 어떤 것이 있을까요?

아동학대를 다룬 영화로는 특수학교에 다니는 청각장애아들을 대상으로 교사들이 자행한 성폭력과 학대를 다룬 '도가니', 자신과 닮은 아동을 친부와 계모의 학대로부터 구하기 위한 배우 한지민님의 열연을 볼 수 있는 '미쓰백', 칠곡계모 아동학대 사건을 다룬 '어린의뢰인', 유괴사건, 가정폭력, 아동학대를 다룬 '고백' 등이 있을 것입니다.

간접적으로 아동학대를 볼 수 있는 영화는 여러 가지가 있겠지만 가장 생각나는 것은 배우 원빈님 주연의 '아저씨'입니다. 영화에서 소녀는 주인공 원빈과 조폭들이 싸우는 장면을 목격합니다. 실제로 그런 일은 없겠지만 아동이 그런 폭력적인 장면을 직접 보았다면 아이의 정서에 심각한 트라우마[12]가 생길 것 같습니다.

두 번째로 '청년경찰'이 있습니다. '청년경찰'에서 배우 박서준님과 강하늘님이 지하에 방치된 인신매매 대상인 아이들을 보고 구하려고 하는 장면이 있습니다. 이때 납치된 아이들은 보호자 외 성인에 의한 아동학대범죄 사

---

12) 재해를 당한 뒤 생기는 비정상적인 심리적 반응

례로 볼 수 있습니다.

영화 '친구'에서 학생 역할이었던 배우 유오성님과 장동건님이 교사 역할의 배우 김광규님에게 여러 차례 맞는 장면이 있습니다. 이 영화를 보셨던 분 중 이 장면에서 아동학대와 연관 지어 생각할 수 있는 분이 계실까요? 법적 테두리 내에서 보면 아동학대 신고대상은 맞습니다.

5장. 아동학대조사를 왜 공공기관에서 하게 되었는가?

2020년 9월까지 아동학대 신고가 접수되면 해당 가정을 조사하고, 학대로 판정된 피해아동의 상담, 심리검사 치료, 복지서비스를 제공하여 피해아동과 학대행위자를 사후관리하는 과정 전체를 아동보호전문기관에서 했습니다.

아동보호전문기관은 말 그대로 아동을 보호하는 전문기관이고, 공공기관은 부서에 따라 다양하게 업무가 바뀌는 기관입니다.

전문성으로 특화된 아동보호전문기관의 역할의 일부가 왜 공공기관으로 이관되었을까요? 정책의 효과성·효율성 측면에서 의심되는 부분이 많았습니다.

이러한 문제점이 있음에도 불구하고 아동학대조사를 공공에서 하게 된 데는 몇 가지 이유가 있습니다.

첫째, 민간기관에서 다룰 수 있는 정보에는 한계가 있습니다.

부모의 이혼, 실직, 질병 등 양육 공백이 꾸준히 증가하고, 유기 아동 발생 건수도 증가하는 등 학대받는 아이들의 신고 건수는 나날이 증가하고 있습니다. 신고 수가 늘어나면서 단편적인 학대 조사, 사후관리만으로는 실효성 있는 대책이 되지 못했습니다. 대상자들의 욕구는 다양하지만, 민간기관에서 보유하거나 확인할 수 있는 정보는 한정되어 있어 사후관리를 제한적으로밖에 할 수 없었습니다. 아이들에 대한 정보를 확인하거나 현재 아동들이 받고 있는 서비스를 확인할 때, 공공기관에서는 전산시스템으로 한 번에 확인할 수 있는 정보들을 민간기관에서는 관공서나 지역아동센터, 복지시설 등에 매번 전화하거나 공문을 보내어 일일이 확인해야 했습니다.

둘째, 민간기관에서 협업체계를 구축하는 데 어려움이 있습니다.

민간기관에서도 많은 역할을 하며 아동학대 예방을 위

해 노력하였고, 아동학대를 예방하고 아동복지서비스 수준을 높이는 데 크나큰 기여를 했습니다.

하지만 사후관리(사례관리)는 한 기관에서 한 담당자의 힘으로만 해결되는 것이 아닙니다. 기관별로 역할과 자원이 다르므로 사후관리가 제대로 이루어지기 위해서는 탄탄한 협업체계가 구축되어야만 합니다. 하지만 법령·규정이 명확하지 않았고, 공권력이 없어서 지방자치단체, 경찰, 검찰, 법원, 병원, 종합사회복지관, 아동복지시설 등 관련 기관을 이끌어가는 데는 사실상 한계가 있었다고 볼 수 있습니다.

셋째, 원활한 학대조사 업무 추진을 위함입니다.

아동보호전문기관에서 학대 가해자를 조사할 때 조사를 거부당하는 경우가 많았습니다. 아동복지법에 민간기관인 아동보호전문기관에서 아동학대 조사를 할 수 있고, 이들의 현장 조사를 거부하면 지방자치단체에서 과태료를 부과할 수 있다고 명시되어 있음에도 말이죠.

초반에는 저도 아동보호전문기관 직원들과 동행하여 그들이 현장조사하는 방법을 보며 벤치마킹하기 위해 노력했습니다. 조사과정이 순탄하지는 않았지만, 차분히 대화를 이끌어나가며 조사를 진행해나가는 모습을 보며 그동안 얼마나 힘드셨을지 느낄 수가 있었습니다. 하지만 그 직원은 공공기관과 동행해서 조사를 진행하니 학대 가해자들이 협조를 잘하는 것 같다고 했습니다. 또한 학대 조사에 대한 거부, 저항감이 적은 것 같다며 공권력을 여실히 체험한다고 말하였습니다.

마지막으로 아동학대예방에 대한 공공의 책임성을 강화하여 보다 체계적이고 촘촘한 아동학대 예방 업무를 추진하며, 학대피해아동에게 신속하고 효과적으로 개입하기 위해서입니다.

이를 위해 각 지방자치단체는 보호해야 하는 아동에 대한 일시보호 기능을 강화하여 피해아동에게 적절한 보호조치를 할 수 있도록 노력하고 있습니다. 이를 위해 보건복지부에서는 여러 시·도에 아동일시보호시설을 설치하여 요보호아동들에게 보호 공백이 발생하지 않도록 많은 노력을 기울이고 있습니다.

6장. 학대에 대한 막연한 생각

학대? 아동학대? 어디까지 학대로 판단을 해야 하는가? 나는 어린 시절에 학대당하고 자라지는 않았는가?

저는 경제적으로 넉넉한 가정에서 자라지는 않았지만 좋은 부모님과 함께 화목한 가정에서 자랐습니다. 그래서 저는 어린 시절을 떠올리면 부모님과 함께 여행 다녔던 기억, 마트에 가서 물건을 사러 다닌 기억, 식당이나 계곡에 가서 같이 고기를 구워 먹었던 기억, 어머니와 아버지께서 장난치시는 모습, 장사하셨던 모습 등이 떠오릅니다. 특히 어머니께서 저를 위해 학창시절에 많은 신경을 써주셨던 것으로 기억합니다.

그런데 저의 유치원과 학교생활을 떠올려보면, 웃다가도 표정이 굳어지며 한 번씩 주먹이 쥐어질 때도 있는데 이는 분명 밝은 기억은 아닌 것 같습니다.

어렸을 적 생각을 하다가 문득 생각난 것은 제가 유치원생일 때의 어느 날 일이었습니다.

당시에 선생님은 아이들이 말을 듣지 않으면 회초리를 사용했습니다. 제가 유치원에 입학하여 적응을 못 해서 울고 있을 때 담임 선생님은 저에게 자꾸 운다며 소리를 치셨습니다. 저는 큰 소리를 몇 번 듣고 나서 울음을 그쳤습니다. 당시 마음이 진정된 것이 아니라 너무 무서웠기 때문에 금방 울음을 그쳤던 것 같습니다.

어느 날이었습니다.

담임 선생님이 교실이 너무 시끄럽다며 떠든 아이들 모두 교실 앞에 나오게 하였습니다. 저를 포함한 친구들 8명은 교실 앞에 나갔고, 선생님이 시키는 대로 일렬로 '엎드려뻗쳐'13)를 했습니다. 그러면서 '도레미파솔라시도'를 외치면서 낮은 '도'에서 높은 '도'로 올라갈수록 회초리로 엉덩이를 세게 때렸습니다. 맨 앞에 맞은 친구가 낮은 '도'에 해당하여 선생님에게 맞은 강도가 가장 약했고, 마지막에 엎드려 있던 친구는 높은 '도' 위치에 해당하여 선생님에게 맞은 강도가 가장 세었습니다. 저는 다섯 번째에 엎드려 있었는데 선생님이 '도레미파'하고 '솔'

---

13) 엎드린 채로 팔과 다리를 뻗어 자세를 유지하는 체벌

을 외치면서 제 엉덩이를 회초리로 때리셨는데 엄청 아팠던 기억이 있습니다.

그때 당시에 선생님은 훈육 과정이라고 생각했겠지만, 이와 같은 일이 지금 시대에 일어났다면 과연 어떻게 되었을까요? 결국 저도 당시에 인권침해를 당했고 아동학대 피해자인 셈입니다.

또 한 번은 제가 초등학생 시절 빠지지 않고 챙겨 보았던 시트콤 '순풍산부인과'가 생각났습니다. 당시에 굉장히 인기가 많았으며 기억하는 분들이 많이 계실 것입니다. 특히 거기서 배우 김성은님이 연기한 '미달이'라는 캐릭터가 떠올랐습니다. 왜냐하면 미달이는 말광량이 소녀로 아버지역의 배우 박영규님, 어머니역의 개그우먼 박미선님께 혼나는 장면이 종종 나왔기 때문이었죠.

한 예로 미달이는 숙제를 하지 않았으며, 다리를 떨었다는 이유로 아버지에게 회초리로 손바닥을 맞는 장면이 나옵니다. 미달이가 손바닥을 맞으며 아픈 표정을 짓는 장면에서 관객들의 웃음소리 효과음이 나옵니다. 그 당시에는 인지하지 못하였지만, 이 또한 엄연히 아동학대입니다. 신체적으로 체벌을 받고 아동이 공포심에 떨었기에 신체학대, 정서학대로 볼 수 있습니다.

과거에는 사실 '아동학대'라고 하면 아이를 심하게 때리거나 가두는 등 뉴스에 나올 법한 행위로 생각했을 겁니다. 예전에 TV에서 방영했던 '경찰청 사람들'이라는 프로그램에서도 아동학대 및 아동범죄에 관련된 내용들을 다룬 회차가 있었던 것으로 기억하는데, 그 정도로 심한 사건을 '학대'라고 생각했던 게 아닐까 싶습니다.

훈육과 학대의 경계에서 우리 기성세대들이 잘 모르는 것이 있습니다. 신체적으로 체벌하는 것에 대해, 많은 기성세대는 "나는 이렇게 컸다!", "나는 맞아서 정신을 차렸다!"며, 체벌을 통해서 본인들이 올바른 길로 갈 수 있었기 때문에 맞으면서 크는 것은 당연하다고 말합니다. 그러나 이것은 잘못된 것이며 시대착오적인 생각이라 할 수 있습니다. 왜냐하면 신체적 체벌은 결국 아이들에게 신체, 심리, 사회적으로 부정적인 영향을 끼치기 때문입니다. 사랑하는 우리 아이가 엇나가지 않게, 올바르게 자라도록 훈육하는 과정 중에서 우리도 모르게 아동학대를 할 수도 있다는 것을 알고 계셨으면 좋겠습니다.

다음 장부터는 제가 어린 시절 겪었고, 아동학대 조사를 다니면서 겪었던 일들을 다뤄보고자 합니다. 학대의 종류별로 신체학대, 정서학대, 성학대, 방임·유기학대를 살펴보고, 다음 장에서는 어린이집, 유치원, 학교, 아동복지시설 등 집단시설에서 일어났던 사건들을 살펴보겠습니다. 마지막으로는 제가 직접 현장조사를 다니면서 기억에 남았던 몇몇 사례들을 소개해 드리고자 합니다.

제**2**부 신체학대

우리가 자라면서 가정에서, 학교에서 교육을 받을 때 '사랑의 매'라는 말을 많이 들어봤을 것입니다. 그러나 이것은 분명 모순된 표현입니다. '사랑'과 '매'는 공존할 수 없다는 의미입니다. 현재 아동 훈육에 대한 패러다임은 배우 김혜자님의 저서 '꽃으로도 때리지 말라'는 제목처럼, 어떤 이유에서든 아이를 때리지 않는 것입니다. 아이의 태도가 갑자기 달라질 때 특히 사춘기 아동이 내 맘대로 되지 않는다고 회초리를 많이 사용하나, 이는 오히려 아동이 엇나가도록 하는 지름길이 될 것입니다.

　신체학대로 판정을 할 수 있는 행위는 세계 흔듦, 신체 부위를 묶음, 벽에 부딪힘, 아동을 던짐, 조름 또는 비틂, 꼬집음 또는 물어뜯음, 아동에게 물건 던짐, 손발로 때림, 도구로 때림, 흉기로 찌름, 화상 입힘 등이 있습니다.

　신체학대가 어떤 식으로 일어났었는지 살펴보도록 하겠습니다.

1장. '사랑의 매'라고 들어보지 못했는가?

　제가 학창 시절 한 다큐멘터리를 봤었는데 학생들이 '사랑의 매'를 선생님께 전달하는 내용이었습니다. 방송에 나온 '사랑의 매'는 긴 나뭇가지로 된 매의 가운데에 분홍색 끈으로 리본을 예쁘게 묶은 것으로, 학생대표가 두 손으로 받쳐 선생님께 드렸는데 그때 저는 '선생님들이 우리가 잘되라고 매를 드시는가 보다!'라는 생각을 했었습니다.

　한번은 뉴스에서 우리나라와 미국은 아이들을 훈육하는 것이 다르다는 내용을 본 적이 있습니다. 미국에서는 부모가 아이를 때리면 주변에서 경찰에 신고하는데, 우리나라는 매를 드는 것을 용인하고 있다는 내용이었죠.

　그때 저는 큰 충격을 받았었습니다. '어떻게 부모님이 나 잘되라고 때리는 것을 경찰에 신고할 수 있지?', '내가 잘못하면 좀 맞을 수 있는 거지!'라는 생각을 했었습니다.

그런데 지금 생각해보면 너무나 잘못된 것이었습니다. '사랑의 매'라는 것은 애초부터 성립할 수 없었고 그런 도구가 있어서도 안 되는 것이죠. 저도 사랑의 매로 많이 맞았던 세대입니다. 때리는 사람은 사랑이라는 말로 포장해서 죄책감 하나 없이 때렸겠지만 맞는 사람은 그 순간이 얼마나 두렵고 아프고 싫었겠습니까? 그런데도 과연 사랑이라는 말이 성립할까요? 그리고 내가 사랑하는 아이를 때리는 부모의 마음은 편하고 좋기만 할까요?

또 한 번은 공익광고였습니다. 시골집에서 엄마가 말을 듣지 않은 딸아이의 종아리를 걷게 했고 엄마는 회초리로 아이의 종아리에 상처가 날 때까지 때리고는 아이가 잘 때 눈물을 보이며 약을 발라주는 광고였습니다.

광고는 광고로 보는 것이 맞지만 엄마도 사랑하는 아이를 때리고는 마음이 매우 아팠을 것입니다. 옛날에는 부모님이 아이를 사랑하는 마음을 역설적으로 표현을 하셨던 것 같습니다. 그 당시에 어른들이 아이들을 올바로 훈육하는 방법에 대해 알고 있었다면 얼마나 좋았을까 싶습니다.

2장. 나 때는 이렇게 컸어!

제가 아동학대 신고를 받고 조사를 하면서 아동학대 가해자에게 많이 들었던 말들이 있습니다. 그중에서 가장 기억에 남는 말은 '나 때는 이렇게 컸어!'라는 말입니다. 앞에서 언급해드렸던 'Latte is horse'와 일맥상통합니다.

제가 현장에서 있었던 일을 소개해 드리고자 합니다.

어느 날이었습니다. 그날은 정말 출근하기 싫은 월요일이었는데, 출근하니 신고 접수서가 제 책상에 있는 것이었습니다. 주말 동안 있었던 아동학대 사건을 주말 당직자가 작성해놓은 것이었죠.

어느 삼형제의 집이었습니다. 아버지와 막내아들이 다툼이 있었는데, 화를 주체하지 못한 아버지가 아이를 일방적으로 때리기 시작했고 그 상황을 목격한 둘째 아이가 동생을 구하기 위하여 경찰에 신고했다는 것이었습니다.

아버지와 어머니, 삼형제로 구성된 5인 가족이었습니다. 아이의 이름은 순서대로 홍윤성(첫째), 홍준성(둘째, 신고한 아동), 홍찬성(막내, 신고된 피해아동)이었습니다.

아동학대 조사는 피해아동과 가해자뿐만 아니라 피해아동의 형제자매들까지도 조사를 진행합니다. 왜냐하면 신고된 아동 외 다른 아이들에게도 아동학대 피해가 있을 수 있기 때문입니다. 즉 신고된 아동 외 다른 아동들은 잠재적인 아동학대 피해자로 보는 것입니다. 이에 삼형제를 통해 학대 의심 정황을 파악할 준비를 하고 난 뒤 어머니, 아버지 순으로 조사 계획을 세웠습니다.

신고된 아이와 미리 시간 약속을 잡았으며 아이의 하교 시간에 맞춰 학교에서 만나기로 하였습니다. 피해아동과 신고를 했던 둘째 형이 같은 학교에 재학 중이라 피해아동과 둘째 형을 함께 만나 주말에 있었던 일에 관해 이야기를 들어보았습니다.

찬성이(피해아동)에게 간단히 제 소개를 했고, 편안한 분위기를 조성한 후 "주말 동안 아버지랑 무슨 일이 있었던 거야?"라며 조심스럽게 대화를 시작해나갔습니다. 찬성이는 토요일에 친구와 자전거를 타며 놀다가 저녁쯤 귀가를 했는데, 아버님이 집에 늦게 들어왔다는 이유로 비아냥거리듯 이야기를 하다가 갑자기 본인의 머리를 여러 차례 때렸다고 했습니다. 찬성이는 정신을 차리기 어려울 만큼 너무 세게 맞아서 얼마나 맞았는지 기억나지는 않지만, 엄청 아팠다고 했습니다.

"그럼 이전에도 아버지와 이런 일이 있었던 거야?"라고 물어보니, 찬성이는 아버님은 본인에게 매번 큰소리치고 욕설을 자주 사용한다고 했습니다. 특히 아버님은 일상적으로 욕설을 자주 사용하고, 심지어 아이들에게 무기를 사용한 적이 있고 아이들을 세게 밀친 적도 있다고 얘기했습니다.

"우리 찬성이가 아빠가 무기를 사용했다고 했는데 무기는 어떤 것을 말하는 거야?"라고 물었더니 찬성이는 "쇠로 된 밀대 자루에요."라고 이야기를 했습니다. 아버님이 밀대 자루로 찬성이의 다리를 몇 차례 때리고 최근에 밀친 적도 있는데, 경찰에 신고된 이후에는 그러지 않았다고 했습니다.

"가장 큰 고등학생 형이 있는 것 같은데 첫째 형도 아버지께 맞은 적이 있어?"

"네, 큰형도 맞았어요."

"그때는 무슨 이유로 형을 때리셨니?"

"형이 아빠한테 조금 대들었어요. 그랬더니 아빠가 큰형에게 '너 말투가 왜 그딴 식이야?' 하며 밀대 자루를 들어 형의 목 아랫부분을 밀쳤어요."

저는 이 가정은 무척 심각한 문제가 있다는 생각이 들었고, '가정폭력도 발생하지 않았을까?' 하는 생각이 들었습니다. 역시나 한 달에 10번 정도 부부싸움이 있는 편이라고 찬성이는 이야기하였습니다.

찬성이를 통해 아동학대와 가정폭력의 정황을 파악한 후, 이어서 같이 있던 둘째 형 준성이와 면담을 했습니다.
준성이는 심하게 맞은 적이 있다고 했습니다. 준성이

가 평소에 아버님에게 반항을 많이 해서 아버님에게 맞고 욕설을 듣는 일이 일상화되어 있어서 세부적인 것까지는 기억이 나지 않는다고 했습니다.

그래서 "준성이는 왜 아버지에게 반항했었던 거야?"라고 질문했습니다. 이에 준성이는 아버님이 퇴근하면 본인에게 이것저것 지시를 하시는데, 하기 싫은 것을 자꾸 시켜서 반항하거나 일부러 늦게 한다고 했습니다.

아버님이 준성이에게 어떤 지시를 했는지 물어보았습니다.

"아빠가 다 먹고 남은 쓰레기를 저보고 버리라고 시키고요, 저는 방에서 다른 거 하고 있는데 굳이 저를 불러서 리모컨을 가지고 오라고 시켜요."

'그런 지시를 따르지 않았다고 사춘기 아동을 체벌을 할 수가 있는가?'라는 생각이 들었습니다. 그리고 준성이에게 아버님의 특성에 관해 질문을 하니, 아버님은 화를 많이 내고 한번 화가 나면 주체하지 못하는 성격인데 이런 성격이 제발 고쳐졌으면 좋겠다고 말하였습니다.

준성이와 이야기를 마치고 고등학생인 첫째 윤성이를 따로 불러 만났습니다. 신고 당일에는 윤성이는 학원에 있었기 때문에 준성이를 통해 112 신고 사실을 알게 되었다고 했습니다.

윤성이를 통해 아버님에 관한 정보를 더 들어볼 수 있었습니다. 아버님은 상대방의 말투와 행동이 본인에게 거슬린다고 느끼면 바로 화를 내는 스타일이라고 했습니다. "눈을 왜 그렇게 떠!"라며 갑자기 화를 내고, 한번 화를 내면 주체가 잘 안 된다고 했습니다. 아버님에게 동생들이 맞는 것을 직접 본 적이 있다고도 했습니다. 폭언, 육두문자는 일상적으로 사용하고 소리도 자주 지른다고 했습니다.

"준성이, 찬성이 말로는 윤성이도 쇠로 된 밀대 자루로 아버님께 맞았다고 들었는데, 사실이니? 무슨 일이 있었던 거야?"

"작년에 제가 엄마와 말다툼을 한 적이 있어요. 그런데 갑자기 아빠가 '너, 엄마한테 말을 그딴 식으로 하면 되냐? 말대꾸하지 마!'라고 소리를 지르셨어요. 그러더니 갑자기 밀대 자루를 갖고 오라고 했어요. 그때 진짜 너무 두려웠어요. 대체 나를 얼마나 때릴지…."

"그날의 기억을 떠올리기는 싫겠지만, 혹시 어디 맞았는지 물어봐도 될까?"

"머리도 맞고, 허벅지, 다리도 맞았어요. 진짜 너무 아팠어요. 맞은 곳은 다 멍이 들었어요."

"지금 얘기해준 것 말고도 맞았거나 무서운 일을 당했던 적은 있었어?"

"5살쯤이었던 것 같아요. 아빠랑 엄마랑 동생이랑 차를 타고 어디를 갔었거든요. 차에서 동생이랑 장난을 치다가 동생이 울었어요. 그런데 갑자기 아빠가 차를 세우더니 다짜고짜 저희한테 욕을 했어요. 그거 말고도 많이 있었던 것 같아요. 자세히는 기억이 안 나요. 근데 욕설을 자주 하셨고, 저와 동생을 자주 때리기도 했어요. 근데 다섯 살 때 차에서 있었던 일은 아직도 생생히 기억나요. 너무 무서웠거든요."

윤성이의 이야기를 들으며 가슴이 먹먹했었습니다. 그런데 윤성이에게는 특이한 점이 있었습니다. 윤성이는 보통의 피해아동과 달리 굉장히 밝고 자기 생각을 잘 이야기를 하는 아이라는 점입니다. 학대 피해아동들과 면담을 하면 표정이 어둡고, 항상 마음속에 고민이 있는 듯 보이고, 가해자들의 피해사실 여부에 관해 물으면 심사숙고 끝에 대답하는 등 대화가 잘 진행되지 않는 경우가 대다수인데, 윤성이는 그렇지 않았습니다.

"윤성아, 너 어렸을 때부터 아빠한테 맞고 자라왔으면 많이 힘들었을 텐데, 선생님이 보기에 넌 너무나 밝고 마음의 상처는 하나도 없어 보이는 것 같아. 마음이 정말 괜찮은 거야?"

질문에 잘 대답하던 윤성이가 갑자기 머뭇거렸습니다.
"사실은요…. 동생들 때문이에요. 제가 밝게 행동하지 않으면 가족들 모두 우울해질 것 같거든요."라며 끝내 눈물을 보였습니다.

저는 윤성이의 이 말에서 가슴이 미어질 듯한 아픔을 느꼈습니다. 이처럼 어렸을 때의 학대는 한 아이의 가슴속에 평생 자리 잡고 있으며, 아이가 가정의 분위기에 따라 가면을 쓰고 살게 하며, 건강하게 자라는 것을 방해한다는 것을 보여줍니다.

"그럼 윤성이는 아버지에게 0~10점 중에서 점수를 준다면 몇 점을 줄 거야?"라고 물어보니, 기분이 좋을 때의 아버님에게는 본인과 동생들에게 잘해주기 때문에 8점을 줄 수 있으나, 화내고 폭언할 때의 아버님에게는 0점보다 더 아래의 점수를 줄 수밖에 없다고 했습니다. 그러면서 아버님이 갑자기 화내는 부분은 고쳤으면 좋겠지만, 경찰에서 처벌받지는 않았으면 좋겠다고 했습니다.

"그래도 아빠잖아요. 기회를 한 번 더 주고 싶어요."

삼형제와의 면담을 정리하고, 어머님과 따로 약속을 잡아 경찰신고가 있었던 경위와 아버님과 아이들의 관계에 관해 이야기를 나누었습니다.

어머님에게 아이들에게 이야기를 듣고 왔으며, 조사과정 중에 아이들이 아버님에게 받은 체벌이 가볍지 않은 것 같다고 안내를 드렸습니다. 어머님은 신경을 많이 쓰고 있었다고 하면서 당황해하는 모습을 보였습니다.

경찰신고가 있던 날.
찬성이가 최근 시험성적이 좋지 않은데 학원 숙제를 하지 않았고, 아버님이 저녁 6시까지 집에 들어오라고 이야기를 하였는데 찬성이가 피시방에서 친구들과 게임을 하다가 저녁 9시쯤 귀가했다고 했습니다. 아버님은 찬성이의 저조한 시험성적과 시간 약속을 어긴 것 때문에 화가 나 아이의 머리를 여러 차례 때렸다고 했습니다. 찬성이가 원래 대드는 아이가 아니었는데, 요즘은 덩치가 제법 커지고 사춘기라 그런지 그날은 아버님에게 말대꾸하였고 몸싸움을 같이했다고 했습니다. 아버님이 아이를 발로 차고 더 세게 때리려는 찰나에 둘째 준성이가 밖에 나가서 경찰에 신고하였다고 했습니다.

아버님은 화나고 스트레스를 받으면 밀대 자루를 들기도 하는데 자주 그러는 것은 아니라고 했습니다. 아버님은 스트레스가 높은 직군에 종사하고 있어 퇴근 후 스트레스를 많이 받아오는 편이라고 덧붙이셨습니다. 주로 화가 난 시점이 첫째 아동의 사춘기 시점, 둘째 아동이 말을 잘 듣지 않았을 시점이었다고 했습니다. 이번 사건도 막내아들이 중학교에 들어가면서 사춘기에 접어들어 말을 듣지 않아 화가 난 것 같다고 했습니다.

부부싸움은 무슨 사유로 하는지 여쭤보니, 어머님은 싸움한 적은 없다고 하셨습니다. 아버님이 일방적으로 화를 낼 뿐 서로 언성을 높이거나 다툼을 한 적은 없다고 설명하셨습니다. 이어서 몇 가지 다른 이야기들을 하셨고, 지금은 아버님과 아이들이 모두 화해했고 잘 지낼 것이라고 했으며, 가정이 지금보다는 밝은 분위기가 되었으면 좋겠다고 말씀하셨습니다. 또 아이들을 위해 심리상담센터를 알아보겠다고도 하셨습니다.

어머님과 대면조사 이후 아버님과 인근 행정복지센터(구 동사무소)에서 만났습니다.

아동학대전담공무원이라고 소개한 후 경찰로부터 사건을 통보받았고, 신고 당일 있었던 사건에 대해 아이들과 아버님 모두의 이야기를 들어봐야 하므로 연락을 드렸다고 했습니다.

그런데 아버님은 질문에 소극적으로 답변하셨고, 아동학대 조사절차에 대해 안내해 드리니 기분 나빠 하시면서 아이들을 체벌한 이유는 아이들이 말을 듣지 않아서라고 했습니다.

"지금 내가 이렇게 고생하는 이유가 누구 때문인데! 조카들은 전부 명문대학교에 가서 열심히 살고 있어! 그런데 얘네들은 내가 이렇게 고생해서 돈 벌어서 뒷바라지 다 해주는데도 공부를 안 하잖아! 맨날 놀기만 하고 말도 더럽게 안 들어!"

그래서 아이들이 잘되라고 훈육을 한 것뿐이라고 했습니다.

"나 때는 다 이렇게 컸어!"

그래서 저는 제가 아버님보다 나이는 많이 어리지만, 저도 어린 시절에 학교에서 체벌을 빈번히 받았던 기억이 있다고 했습니다. 그 당시에는 그런 일들이 아무렇지 않게 받아들여졌을지 몰라도 지금은 그렇지 않다고 말씀을 드렸습니다.

그러자 아버님이 저에게 질문을 했습니다.
"당신이 내 아이들 책임질 거야?"

그래서 저는 부모의 역할에 대해 말씀드렸습니다. 그리고 저도 한 아이의 아빠로서 아이가 말을 잘 듣지 않고 고집을 피울 때 아이에게 화가 나는 심정은 이해하지만, 폭언과 체벌은 아동학대행위가 분명하다고 단호하게 말씀드렸습니다.

이어서 아이들에게 신체적 학대를 가한 행동에 관해 물어보니, 아버님은 "네. 다 아이들 잘되라고 그러는 것이죠."라며 자주 그런 것은 아니라고 하셨습니다. 아이들이 말을 잘 들으면 본인도 마음이 풀어져서 아이들과 같이 잘 논다고 했습니다. 항상 같이 게임하고 노는데 특히 막내 아이가 매번 게임만 하려고 하다 보니 본인이 주의를 준 것뿐이라고 했습니다.

부부싸움에 관한 질문에 아버님은 부정하며 "애 엄마가 그렇게 말을 하던가요?"라며 어머님과 비슷한 반응을 보였습니다. (아버님과 어머님은 부부싸움이라고 생각하지 않지만, 아이들은 부부싸움이라고 생각한다는 점. 아 이러니하지 않은가요?)

'훈육≠체벌'을 거듭 말씀드리고 어머님과도 잘 지내시고, 아울러 아버님이 어렸을 때는 맞으면서 컸다고 하더라도 지금은 '나 때는 이렇게 컸다!' 말이 통용되는 시대가 아니라고 다시 한 번 강조했습니다. 추후 아동보호전문기관에서 가정에 개입이 될 수 있고 아버님께서는 이 부분을 양지하여 주시기 바란다고 안내하고 조사를 마무리했습니다.

아버님이 처음에는 이 사건이 아동학대로 판단된 것과 아동보호전문기관의 사후관리를 받아야 하는 것을 인정하지 않으셨습니다. 그러나 아동복지법, 아동학대 처벌 등에 관한 법률에 사후관리를 받아야 함이 명시되어 있고, 사후관리를 거부하면 과태료가 부과될 수 있음에 대해 몇 차례 말씀을 드리자 끝내는 수긍을 하셨습니다. 지금은 해당 가정에 아동보호전문기관에서 상담, 심리치료 등 사후관리가 진행 중인 것으로 알고 있습니다.

막내아들이 학대피해자라고 신고를 받았지만 제가 가장 안타깝다고 생각한 아동은 첫째 윤성이였습니다. 윤성이는 아버지에게 밀대 자루로 머리와 목을 맞아서 피가 난 적도 있다고 했습니다. 누구보다도 상처가 컸을 텐데 너무나 활발하고 말도 잘하고 밝은 아이였습니다. 본인이 첫째라서 밝고 명랑하게 행동하지 않으면 안 될 것 같다는 이야기를 들으니 참 마음이 아팠고 아직도 그 아이가 생각이 납니다. 사후관리를 받으며 아이들의 고통이 조금이라도 줄어들었으면 좋겠습니다.

3장. 내 애, 내가 때리는데 당신들이 무슨 상관이야!

어느 당직 날이었습니다. 전화벨이 울렸습니다.

'따르릉, 따르릉'

"네. 아동보호팀 주무관입니다."

"북부경찰서입니다. 아동학대 신고를 받았는데, 할머니가 초등학생인 손녀를 때리고 있다고 합니다. 현장에 가고 있는데요, 아이가 어떤 상태인지 확인이 필요할 것 같네요. 같이 한 번 동행을 부탁드립니다."

저는 아이의 인적 사항과 주소를 묻고 현장으로 바로 출동하였습니다.

이 가정은 부부와 여아로 이루어진 3인 가정으로, 부

모님은 맞벌이여서 주변에 살고 계시는 아이의 외할머님이 매번 아이를 돌봐주고 있었습니다.

외할머님이 학원버스에서 내린 아동과 같이 집에 같이 들어가려고 했는데 아이가 들어가기 싫다고 고집을 부리는 과정에서 외할머님이 손, 발로 아이를 때렸고, 이 모습을 목격한 주민이 경찰에 신고한 것이었습니다.

아이는 초등학교 1학년이었습니다. 아이에게 제가 일하는 내용을 간단히 소개하고 외할머님과 있었던 일에 대해 몇 가지를 물어봤었는데, 아이는 묻는 말에 제대로 답을 하지 못했고 인형을 갖고 노는 등 집중을 하지 못했습니다.

"무슨 일이 있었던 거야?"라고 물었을 때 아이는 학원 차를 타고 집 앞에 왔고 집에서 놀았고, 외할머님과 인형을 갖고 놀았다고 말을 했습니다. 아이가 외할머님에 대해 딱히 거부감을 보이거나 놀라는 모습은 없었습니다.

"그래. 학원 차에서 내려서 외할머님이랑 바로 집에 들어간 거야?"

"학원 차에서 내려서 누웠어요. 외할머니가 집에 들어가자고 했는데 집에 들어가기 싫다고 했어요. 그래서 외할머니가 온몸을 때렸어요. 아파서 울었어요."

다른 정황에 대해서도 질문을 하였지만 아이는 계속 똑같은 말만 반복하거나 대답을 회피하는 등 더 이상의 진술을 받기는 어렵다는 판단이 들어 아동과의 면담은 종료하였습니다.

이어서 외할머님과 면담을 진행했습니다.

외할머님은 제가 아이를 보러 집에 들어가기 위해 초인종을 눌렀을 때부터 신고된 것에 대해 알고 있는 듯하였고, 신고자에 대한 불만을 시작으로 자기의 입장을 토로했었습니다. 아동학대로 신고가 되었기 때문에 조사를 진행해야 한다고 설명해 드렸습니다.

"내 애, 내가 때리는데 당신들이 무슨 상관이야?!"

외할머님은 욕설을 뒤섞으며 이야기하였고 격앙된 목소리로 이야기를 이어나갔습니다.

손녀가 학원 차에서 내리자마자 바닥에 앉아서는 집에 가지 않겠다고 했답니다. 그래서 겨우 달래며 집으로 가

자고 이야기를 하니 아이가 외할머님에게 업어 달라고 했고, 외할머님은 아이를 업어서 아파트 엘리베이터 앞까지 데리고 왔습니다. 그런데 이번에는 엘리베이터를 타지 않으려고 했다는 것이었습니다. 그래서 엘리베이터 앞에서 엉덩이를 발로 찼고 손찌검을 했다고 했습니다. 손녀가 떼쓰는 모습에 너무 화가 나서 손으로 등, 팔, 엉덩이를 때린 것을 인정한 것입니다. 그러면서 내가 귀한 손녀를 때리면 얼마나 때렸겠냐며 오히려 신고자가 누구냐며 되묻기까지 했습니다.

본인은 맞으면서 자라왔기 때문에 아동학대의 범위와 심각성에 관해 인지하지 못했다고 했습니다. 이에 대해 외할머님께서 살아오셨던 세월과는 다르며 언론에도 나오다시피 아동학대의 심각성에 대해 많이 보도되고 있으며 공익광고에도 나올 만큼 인식의 전환이 필요한 시점임을 말씀드렸습니다.

아이의 어머님이 집에 도착하여 바로 이야기를 시작했습니다.

어머님은 처음에는 외할머님이 아동학대로 신고되었다는 사실에 놀라 화내는 모습을 보였으나 신고내용과 아동학대 현안 사항에 관해 설명하니 수긍을 하며 조사에

임하려는 모습을 보이셨습니다.

외할머님이 아이를 돌봐주신 것이 1년 정도 되었다고 했습니다. 남편과 본인은 맞벌이이므로 아이를 돌볼 수 없어서 외할머님이 아이를 봐주러 집에 온다는 것이었습니다. 평소에는 이런 적이 없었는데, 아이가 너무 말을 듣지 않아 외할머님이 화가 많이 나서 그러셨던 것 같다고 했습니다.

그럼 이전에 외할머님은 화를 내고 체벌을 하셨던 적이 있으신지 질문하니, 어머님은 "우리 엄마가 자주 때리지는 않아요. 아이가 고집을 부리며 업어달라고 하는데 엄마도 허리가 아프다며 어떻게 해야 할지 모르겠다고 전화가 왔었어요. 아이를 달래다가 엄마가 너무 화가 났던 모양이죠."라고 했습니다.

외할머님은 엉덩이 몇 번 때린 것에 대해 미안하다는 말을 전화로 했다고 했습니다. 평소에는 훈육할 때 화가 나고 아이 통제가 잘 안 될 때는 본인에게 영상통화를 해서 아이의 행동을 보여주며 어떻게 하는 것이 맞는지 물어보고 아이를 대하는데 오늘만 화가 나신 것 같다고 말씀하셨습니다. 오히려 아이를 오냐오냐 키운다는 말을 덧붙이셨죠.

그렇지만 외할머님이 화가 나시더라도 욕설, 신체적 체벌은 하시면 안 된다는 안내 말씀을 드렸고 수긍을 하셨습니다.

다음으로 아이 아버님과 만났습니다.

너무나 강한 거부반응에 아버님 역시 양육에 대한 그릇된 인식을 가진 것은 아닌가 하는 의심이 들 정도였습니다.

"장모님이 저희 애를 때렸다고 경찰에 신고되었다는 얘기는 들었습니다. 그런데 누가 신고를 했는지 알 것 같네요. 저희하고 평소에 사이가 좋지 않은 사람들이 있습니다. 사실 저희 부부가 맞벌이로 인해서 장모님이 어렵게 아이를 봐주고 있는 상황인데 훈육 과정의 일부까지 112에 신고된 것은 정말 너무하다는 생각이 드네요. 요즘 아동학대가 민감한 사안인 만큼 신경은 쓰겠지만 평소 아이가 외할머니에게 무서움이나 거부감을 나타내는 것이 없고 저희도 부모로서 아이를 때리거나 학대를 한 적 없습니다. 이런 식으로 하면 도대체 누가 애를 키웁니까?! 우리에게 말도 하지 않고 경찰에 신고부터 한 것은 너무나 잘못되었다고 생각합니다."

"아버님, 그 내용은 잘 알겠으나 요즘은 아동학대 의심만 되어도 신고를 할 수 있게 되어 있어서 제가 신고를 받아서 나오게 된 것이고요, 어떤 사안인지 확인을 하려고 하는 것이기 때문에 외할머니를 처벌하기 위한 목적만을 갖고 온 것은 아니라는 말씀을 드립니다. 아이와 외할머니, 부모님의 말씀을 듣고 아동학대 여부를 판단합니다. 혹시나 그릇된 양육관을 갖고 계신다면 아동보호전문기관에서 상담, 심리치료, 양육기술프로그램 이수 등을 해야 합니다."라고 말씀드리자 아버님께서 수긍하셨습니다.

  경찰에서는 당시 외할머님이 아이를 체벌한 장면이 담긴 CCTV 영상을 갖고 있었기에 자체 수사를 진행하였습니다. 외할머님이 힘든 몸을 이끌고 매일같이 힘든 육아를 하셔서 심신이 많이 지쳤을 것 같습니다. 그러나 하루빨리 '내 애 내가 때리는데 당신들이 무슨 상관이야, 내 애는 내가 때려도 된다, 말 잘 듣게 하기 위해서는 때려도 된다.'라는 식의 그릇된 생각을 고치셔서 다시는 아이가 상처받는 일이 없었으면 좋겠습니다.

4장. 학창 시절, 선생님들은 왜 그렇게 때렸을까?

6부에서 집단시설에서의 학대를 다룬 장도 있지만, 6부에서는 제가 직접 신고받아 담당했던 사례들을 보기로 하고 여기서는 제가 학창 시절 학교에서 겪었던 경험을 신체학대에 초점을 맞춰 살펴보고자 합니다.

요즘 학교에서는 아이들을 어떻게 훈육하는지 잘 모르겠습니다.

저의 학창 시절을 떠올려보면 '정말 이런 식으로 체벌을 해도 되나?' 싶을 정도였습니다.

초등학교 2학년 때의 일입니다. 담임 선생님께서는 키가 크고 나이가 많은 분이셨는데, 학급 아이들이 떠들면 "주둥아리를 방앗간에 빻아 버릴라, 변기통에 차 넣어 버릴라." 등 저급한 언어를 사용하시면서 떠드는 아이를 교실 앞으로 불러 입을 때리거나 발로 차곤 하였습니다. 그 선생님께 자주 맞던 친구가 두 명이 있었는데 그 친구들을 생각하면 울고 있는 얼굴부터 떠오릅니다. 지금은 뭐 하고 있을지, 지금까지 마음의 상처로 남아 있지 않을까 싶습니다.

그 선생님께 맞았던 아이들은 신체, 정서학대를 당한 것이고, 학급 친구가 선생님으로부터 무차별적으로 손, 발로 맞고 모욕적인 말을 듣는 것을 본 저도 정서학대를 당한 것입니다.

지금 생각했을 때 무차별로 체벌을 가했던 교사 분들이 어떤 생각으로 가혹한 체벌을 하셨는지, 혹여나 체벌하셨던 것을 지금 후회를 하지는 않는지 궁금합니다.

초등학교 5학년 때 일명 '미친개 놀이'로, 누가 더 많이 학교 전체를 뛰어다녔는지 경쟁을 하는 놀이를 한 적이 있습니다. 담임 선생님은 학교에서 뛰어다니면 안 된다며 저를 포함한 10여 명 정도 되는 남자아이들을 전부 교실 앞에 세우셨습니다. 전부 엎드려뻗쳐를 하였고 엉덩이를 한 대씩 맞으면 끝으로 가서 순서대로 다시 맞는 방식의 벌을 받았습니다. 매우 크고 굵은 나무막대기로 총 7대를 맞았는데, 엉덩이에 피멍이 들어 다음날 제대로 앉지도 못하고 며칠간 약을 바르며 고통스러워했던 기억이 있습니다.

중학교 1학년 때 담임 선생님은 아이들의 두려움의 대상이었습니다. 그분이 들고 다니는 몽둥이 때문이었습니다. 그것은 대나무로 된 길고 굵은 막대기인데 학생들 사이에서 '개몽둥이'로 불렸습니다. 전교생이 모두 알 정도로 개몽둥이는 너무나 유명했고 그 선생님이 지나다닐 때마다 학생들은 공포에 떨었습니다.

선생님의 말씀을 듣지 않거나 시험성적이 나쁘거나 잘못된 행동을 하면 선생님은 어김없이 학생들을 엎드려뻗쳐를 몇 분 동안 시켜놓은 후 한 명씩 때렸습니다. 순서대로 엎드려 있으면서 맞을 차례를 기다리는 것, 친구들이 맞고 고통스러워하는 표정을 보는 것 자체가 너무나 고통스러웠습니다. 몽둥이로 한 대를 맞으면 엉덩이가 얼마나 아팠는지 모르겠습니다. 맞고 나서 교실에 들어가서 자리에 앉으면 의자가 따뜻하게 느껴졌는데 전기방석이 따로 없었습니다. 지금이라면 정말 어림도 없는 일이지요.

중학교 2학년 때 음악 선생님과 있었던 일입니다. 그 선생님도 아이들이 떠들거나 통제가 필요하다는 생각이

들면 쇠로 된 야구방망이로 아이들 머리를 때렸습니다. 회초리로 때리듯이 때린 것은 아니고 가까이서 한 대씩 '쿵'소리가 나도록 때렸습니다. 그때 저도 머리를 몇 대 맞았었는데 맞을 때 '띵'하는 소리와 함께 교실 전체가 울리는 것 같은 느낌이 들었습니다.

중학교 3학년 때 옆 반의 한 친구가 있었는데, 그 친구는 공부에는 관심이 없었습니다. 하필 그 친구의 담임 선생님은 성격이 굉장히 거친 분이셨습니다. 성격이 급하고 무서운 분이셨는데, 그 친구를 때리는 것을 자주 목격할 수 있었습니다. 영화에서 나오듯이 주먹으로 때리고 발로 배와 다리를 차는 모습을 자주 봤는데요, 지금 그렇게 한다고 하면 학급 친구들이 전부 핸드폰으로 찍겠죠. 예전이니 가능했을 것 같습니다.

또 한 번 중학교 3학년 때 어떤 친구가 과학 선생님에게 뺨을 맞았다고 경찰에 신고했던 일이 있었습니다. 그때 저와 대부분 친구는 '어떻게 선생님을 경찰에 신고를 할 수 있지?', '아니, 우리가 선생님 말씀을 듣지 않으면 맞을 수도 있지, 어떻게 선생님을 경찰에 신고할 수가 있지?' 이렇게 생각을 했었습니다. 그런데 지금 생각하면 앞의 모든 사례가 경찰에 신고하기에 충분한 사례들이

죠. 하지만 그 당시엔 학대라고 인지조차 하지 못했던 것입니다.

과거의 학교 선생님들은 학생들을 참 많이도 때리셨던 것 같습니다. 제가 시골에서 초, 중, 고등학교를 졸업했는데 시골이어서 선생님들이 체벌을 남용하셨던 걸까요? 아니면 일제의 잔재가 남아서 가혹하게 체벌하셨던 걸까요?

저보다 더 심한 체벌을 당했거나 체벌 당하는 장면을 목격한 분들도 많이 계실 것입니다. 저를 포함해서 학창 시절에 선생님께 체벌을 받은 학생들이 그 시절의 기억을 떠올린다면 과연 좋은 기억으로 남아 있을까요? 그 당시엔 아무렇지 않게 행해졌던 체벌들. 어떻게 보면 우리 모두 아동학대의 피해자인 셈이죠.

5장. 말 안 들으면 두드려 패라는데!

　제가 신고를 받은 건 중 이번에는 부모님은 50대 후반이지만 자녀는 고등학교 1학년 학생인 가정의 사례를 살펴보겠습니다. 부모님과 아이의 나이 차를 고려해 보면 보통의 고등학교 1학년 아동들의 부모님보다 나이 차가 많아 보였습니다.

　사건의 발단은 아동이 고등학교 자퇴를 원하는 것에서 출발합니다. 아이는 적성 상, 건강상의 이유로 자퇴를 신청하였고, 자퇴 전 이행하는 학업중단숙려제14) 기간 동안 아이 스스로 진로를 생각하는 시간을 가졌습니다. 그런데 아이의 부모님은 자퇴를 못마땅하게 생각하여 아이를 회초리, 빗자루로 때리고 밀치며 겁을 주었던 것입니

---

14) 학업중단 위기 학생 및 학교 부적응 학생들에게 전임 상담 원과의 상담 및 체험프로그램 등을 제공해 학교 적응력 향상과 학업 중단 예방을 위해 실시하는 제도

다. 상담 과정에서 이 사실을 알게 된 교사가 아동학대 신고를 하였습니다. 이에 아이의 인적 사항을 확인하고 아이를 만나러 학교에 갔습니다. 아버지, 어머니, 고등학교 1학년 남아로 구성된 3인 가족으로, 아이의 이름은 '최범석'이었습니다.

"오늘 선생님께 범석이에게 무슨 일이 있다고 들었는데 엄마, 아빠와 무슨 일이 있었는지 이야기해 줄래?"라고 질문을 하며 말을 이어나갔습니다.

그랬더니 범석이는 어머님, 아버님에게 몇 개월 전부터 자퇴하고 싶다고 의사를 표현했고, 오늘부터 자퇴 이전에 이행하게 되는 학업중단숙려제에 참석한다고 말씀드렸다고 했습니다. 그런데 이 말에 화가 난 아버님이 갑자기 범석이의 얼굴과 배를 세차게 때렸고 죽이겠다고 위협까지 했다고 했습니다. 그 상황을 어머님은 그냥 지켜보기만 했고, 범석이는 맞아서 아프기도 했지만, 너무 서러워서 그냥 가만히 앉아 있었다고 했습니다.

"그러면 오늘 그런 일이 있었고, 혹시 예전에도 이런 비슷한 일이 있었어?"라고 물어보았습니다.

그랬더니 범석이는 예전에도 부모님께 체벌을 많이 받았다고 했습니다. 5월쯤 범석이는 학교 다니는 것이 너무나 싫고 힘들다고 말씀을 드렸다고 했습니다. 자퇴를 결심한 후 부모님께 말씀을 드리니 부모님이 골프채를 들고 위협을 하고, 주먹으로 때리고 머리채를 잡았다는 것입니다.

"그때 엄마는 가만히 계셨어?"라고 질문하니, 어머님도 범석이의 결심을 받아들일 수 없다며 범석이에게 문제집을 던졌다고 했습니다. 이 외에도 체벌은 자주 있었다고 했습니다.

"그래, 네가 자퇴하고 싶은 다른 이유는 뭐야?"라고 물으니 범석이는 간이 좋지 않아서 약을 먹고 있는데 그 약을 먹으면 항상 졸린다고 했습니다. 졸다 보면 가끔 방귀가 나오는데, 그럴 때마다 학급 친구들이 본인을 놀려서 수치스럽다고 했습니다. 그리고 공부에는 흥미가 없고 해야 할 이유를 찾지도 못해서 학교에 다니고 싶지 않다고도 말했습니다. 본인의 마음이 이렇듯 심란한데 부모님께서는 이해하지 못하고 때리기만 한다고 하소연했습니다.

그리고 부모님께서 욕설을 사용하거나 큰소리치는 일

은 자주 있으나, 손이나 회초리로 때리는 신체적 체벌은 자주 있는 일은 아니라고 하였습니다. 큰 잘못을 했을 때는 신체적 체벌을 하는 편인데 그때는 보통 회초리를 사용하나 우산을 든 적도 있고, 생수병을 던졌던 적도 있다고 말해주었습니다. 범석이와 학교에서 이야기를 마무리하고 어머님, 아버님과는 면사무소 상담실에서 만났습니다.

범석이 부모님께 부서 및 업무를 소개하였고 먼저 어머님에게 이야기를 들어보았습니다.

"범석이에게 아버님, 어머님께서 체벌하셨다는 말을 들었는데 무엇 때문에 그러셨는지 이야기해 주실 수 있을까요?"

"제발 졸업장만이라도 받아오라고 계속 설득했었는데 끝까지 아이가 학교에 가지 않으려고 해서 너무 화가 나서 그랬어요. 그러면 정신을 차리고 학교에 가지 않을까 해서요."

"그래요? 아이가 간이 좋지 않아서 여러 약을 먹고 있다고 하는데 그것 때문에 학교 수업 참여에 지장이 있어서 아이가 자퇴하려고 한다는 생각은 안 해보셨나요?"

"네. 아이가 간이 좋지 않아서 약을 먹고 있지요. 많이 심각한 상태라면 다른 방법을 찾아봤겠죠. 그러나 약을 꾸준히 먹으면 금방 치료가 되는 가벼운 질병이라고 진단받았습니다. 그런데 아이가 자꾸 힘들어해서 다른 병원에도 가봤지만 똑같은 얘기만 들었어요."

그러면서 어머님은 아버님이 아이를 때린 것이 아니라 때리는 시늉만 했다고 범석이와 다른 진술을 하였습니다. 그래서 때리는 시늉을 한 것도 정서학대에 해당하는 것이므로 아동학대를 한 것은 맞는 것이라고 설명해 드렸습니다. 그리고 범석이가 찍어놓은 상처 사진을 보여 드리며 설명을 요구했지만, 어머님은 때리는 시늉만 했다며 끝까지 우기셨습니다.

아이에게 생수병을 던진 이유는 아이가 너무 말을 듣지 않고 친구들과 밤늦게까지 통화하고 밖으로 다녀서 너무 속상해서라고 말씀하셨습니다.

아동이 자퇴 의사를 처음 밝힌 것은 5개월 전쯤부터였는데, 본인도 일하다 보니 아이의 말을 제대로 못 들어

준 것 같다고 죄송하다고 이야기를 했습니다. 추가로 부모님이 평소 체벌을 할 때 효자손으로 종아리를 때린다는 것을 확인하여, 추후 아동보호전문기관에서 개입이 될 수 있음을 안내하였습니다. 그리고 범석이와 진솔한 대화의 시간을 자주 갖고, 담임 선생님과 진로 상담을 해보는 것을 권유하는 것으로 대화를 마무리하였습니다. 이어서 아버님과 이야기를 나누었습니다.

"부모로서 아이가 자퇴하려고 하는데 어떻게 화가 나지 않겠습니까? 도대체 왜 자퇴를 하려고 하는지 이해가 안 됩니다."

아버님은 아이에게 겁을 주고 어머님이 달래는 훈육 방식을 사용했으며, 본인은 도구로 심하게 때리거나 욕설을 사용하지는 않았다고 했습니다. 아버님은 일하다 보니 바빠서 잘 챙겨주지는 못했으나, 아이가 통학버스를 타는 것을 꺼려서 마음 편히 등교할 수 있도록 매일 택시를 불러준다고 했습니다. 아버님은 아이가 고등학교 졸업은 반드시 해야 한다고 여러 차례 얘기했다고 합니다.

이번에도 아이를 설득하려고 이야기를 시도했으나 아

이의 자퇴에 관한 생각이 확고하여 말을 하면 할수록 화가 나서 겁을 주었다고 했습니다. 두들겨 팬 것이 아니고 그냥 겁만 주었다고 이야기했습니다.

"아버님. 그래도 아이가 무서울 정도로 겁을 주시면 안 됩니다. 그건 정말 잘못된 것입니다."

"예. 알고 있습니다. 아이가 그렇게 겁을 먹었다면 제가 잘못한 거죠. 그런데 자식 하나 있는데 부끄러워서 어디 가서 아이 얘기는 절대 안 해요. 그런데 최근에 너무 속상해서 친한 친구에게 이런 제 사정에 관해 이야기했어요. 그랬더니 두들겨 패면 말을 듣는다고 해서…."

"어! 아버님 그것은 정말 잘못된 생각입니다. 그런데 아까 아이를 때리는 시늉만 했다고 하셨는데 결국 아이를 때린 건 맞네요. 그럼 아버님은 아이를 두들겨 패는 것이 올바른 훈육 방법이라고 생각하시나요? 때리니 아이가 말을 듣던가요? 아이를 때리고 나서 기분은 어떠셨나요?"

생각이 많으셨는지 한동안 아버님은 말씀이 없으셨습니다. 겁을 주려다가 때렸던 것이 맞으며, 이전에도 때렸던 적이 있다고 시인하셨습니다. 아이가 한 번씩 친구들을 만나 놀다가 밤늦게 집에 들어오면 처음 듣는 욕설을 사용한다고 했습니다. 아버님은 아이가 엇나갈까 우려되어 소리를 지르고 효자손으로 때리고 아이에게 컵을 던지며 화를 낸 적도 있다고 말씀하셨습니다. 처음에는 체벌한 것을 변명하시며 본인의 잘못을 인정하지 않으셨으나 결국 본인의 잘못이었음을 인정한 것입니다.

아버님께 아동보호전문기관에서 아이를 위해 개입된다는 것을 안내해 드렸더니 아이에게 심리검사·치료, 상담이 병행되는 것에 대해 긍정적으로 생각하며 동의하였습니다.

범석이 부모님은 제가 생각했던 것보다 조사과정에 잘 응해주셨고 잘못을 빨리 인정하셨습니다. 다만 아이가 말을 듣지 않으면 회초리로 때리고 야단을 치면 아이가 통제될 것으로 생각을 하셨던 점이 매우 아쉬웠습니다.

범석이가 약을 먹고 치료를 잘 받아서 하루빨리 건강을 되찾았으면 좋겠습니다. 꼭 고등학교를 졸업하는 것이 아니어도 아이가 후회하지 않는 인생을 살기를 바랍니다.

6장. 말을 안 듣는데 그럼 어떻게 해!

한 남성이 아이를 심하게 때린다는 내용으로 이웃 주민이 경찰에 신고했습니다. 경찰은 아동이 현재 파출소에 있으며, 아동을 보호조치 해야 할 것 같다고 이야기했습니다. 저는 곧장 아이를 만나러 파출소로 갔습니다.

아이의 이름은 '김민예'. 중학교 1학년 여학생이었고, 아버님은 40대 초반인 부녀가정이었습니다.

민예는 아버님이 밤늦게까지 일을 하고 귀가하셨는데, 본인이 방을 안 치우고 말을 안 들어서 혼났다고 했습니다. 민예도 억울해서 대들었더니 아버님이 손으로 등과 팔을 때렸고, 머리채를 잡았고, 회초리로 때렸다고 했습니다.

"그러면 예전에도 이런 일이 있었어?"

"네. 1년에 2~3번 정도 이렇게 심하게 맞은 것 같아요. 아빠가 평소에도 화가 나면 큰소리치고 욕도 해요."

"아빠가 너를 왜 그렇게 혼내시는 것 같아?"

"제가 생각하기엔 옷 정리, 숙제, 빨래 같은 기본적으로 해야 할 일을 하지 않으면 혼나는 것 같아요."

"혹시 또 체벌 받은 것이 있다면 얘기해줄래?"

"기억이 잘 안 나요. 효자손이나 손으로 5대 정도 맞았던 것 같은데, 공부를 잘 안 해서였던 것 같아요. 시험 성적을 보고 자주 꾸중을 하시는 편이에요."

"민예가 생각하기에 아빠가 좋은 분인 것 같아? 나쁜 분인 것 같아?"

"음…. 착한 분이요! 원래는 아빠가 착한데 제가 말을 안 들어서 화가 나서 그랬던 것 같아요."

말하기 힘들었을 텐데 자세히 이야기를 해줘서 고맙다고 말한 뒤 민예와의 대화를 마무리하고, 민예의 집을 방문하여 아버님을 만나보았습니다.

아버님은 본인이 조사를 받아야 한다는 사실이 너무 화가 나고 왜 사생활을 이야기해야 하는지 모르겠다며 언성을 높이셨습니다.

말을 구체적으로 하시기보다는 "애가 얘기한 것이 있을 것 아닙니까, 애가 이야기한 것이 다 맞습니다."라며, 아버님은 회초리로 때린 것을 인정했습니다. 늘 아이가 말을 듣지 않아 혼내다 보니 그런 일이 있었다고 했습니다.

"민예가 말하기를 1년에 2~3번 정도 이런 일이 있다고 하던데, 아버님께서 무슨 이유로 아이에게 화를 내고 회초리로 훈육을 하셨을까요?"

"어떻게 아이를 정기적으로 때릴 수 있겠습니까? 어쩌다가 한 번씩 있는 일이고 아이가 휴대폰을 많이 만지다 보니 이런 일이 있게 된 것입니다. 그런데 제가요, 매번 이런 식으로 체벌하고 아이를 때리는 것이 아닙니다. 말로 이야기를 하며 타이르다가 잘 안 되면 한 번씩 이렇게 되는 것입니다. 중학교 2학년 때부터 사춘기 특성을 심하게 보였습니다. 처음에는 말로 혼내다가 갈등이 너무 깊어지면 회초리를 들게 되었습니다. 말을 안 듣는데 그러면 어떻게 합니까?"

아이의 머리채를 잡고 때린 것도 사실인지 질문하니, 아버님은 많이 있었던 일은 아니나 사실이고, 예전에 손바닥을 몇 대 때린 적도 있다고 했습니다. 아이의 훈육 과정에서 큰소리를 치고 욕설을 한 것은 본인이 잘못한 것 같다고 말씀했습니다.

"제가 아버님의 입장을 완전히 이해할 수는 없지만, 혼자서 민예를 키우면서 많이 힘드셨을 것 같네요. 사후관리는 아동보호전문기관에서 맡을 예정입니다. 민예와의 상담을 통해 민예에게 필요한 심리검사와 치료를 제공하고, 아버님께는 양육기술 프로그램을 연계해 드릴 수 있도록 연락을 드리겠습니다."

처음에는 아버님께서는 사후관리에 거부적인 모습을 보였으나 거듭 설득하니 수긍하셨습니다.

이후 민예의 담임교사와 면담을 했습니다. 민예는 학

습에 큰 흥미를 보이지는 않지만, 활발하며 학생회 및 동아리 활동에 적극적으로 참여하고, 교우관계도 좋은 학생이라고 했습니다. 민예가 아동학대 피해자라는 사실을 듣고 당황했지만, 아이가 잘 이겨 내었으면 좋겠다고 했습니다.

이상으로 제가 담당하였던 여러 신체학대 사례 중 특징이 있는 몇 사례들을 소개해 드렸습니다.

우리 어른들은 본인이 체벌 받았을 때의 두려움과 거부감을 떠올려봤으면 좋겠습니다. 아울러 아이가 상처받지 않고 자라날 수 있도록 힘을 써주셨으면 좋겠습니다.

신체학대는 단순히 신체학대로만 판단할 수는 없습니다. '사랑의 매'든 '손'이든 때리면 아이의 몸에 상처가 날 수 있습니다. 그런데 아이의 몸에 생기는 상처가 전부일까요? 아이들의 마음은 어떨까요? 아이들의 마음이 다친다고 생각은 하지 않으시나요?

우리가 아동학대 현장을 조사하고 신체학대를 판정할 때면 으레 수반되는 것이 정서학대입니다. 정서학대란 무엇을 의미하는 것이며, 어떠한 사례가 있었는지 다음 장에서 살펴보도록 하겠습니다.

제3부 정서 학대

정서학대. 이 책을 읽고 계신 여러분들께서는 정서학대라는 말을 많이 들어보셨나요?

일반적으로 아동학대라고 하면 아이를 때리는 것, 언론에 보도되는 것들을 아동학대라고 생각합니다. 아이에게 심하게 야단을 치거나 부부싸움을 아이가 목격하는 것도 아동학대라고 생각해보셨나요?

정서학대의 유형으로는 소리 지름, 무시 또는 모욕, 무관심, 언어적 폭력, 공포 분위기 조성, 가정폭력 노출,

부부싸움 노출, 내쫓거나 집밖에 세워 둠, 아동에 대한 비현실적인 기대 또는 강요, 잠을 재우지 않음 등이 있습니다.

위의 유형 중 정서학대로 이해되는 내용도 있겠지만, '이런 것도 학대가 될 수 있다고?'라고 생각하는 내용도 있을 겁니다.

사실 저도 부부싸움을 아이에게 노출시키는 것만으로도 아동학대가 될 수 있다는 것을 아동복지담당공무원 교육을 통해서 알게 되었습니다. 그 당시에는 아동학대가 지금처럼 논점이 되지 않았으며, 위기에 처한 아동을 위한 제도와 시스템이 막 만들어질 때였습니다.

정서학대는 다른 학대보다 광범위하여 신체학대, 성학대, 방임·유기학대 사례와 병행되는 경우가 많습니다. 아이가 신체학대, 성학대, 방임·유기학대를 당하면 공포심, 수치심 등을 느껴 이후 정서발달에 좋지 않은 영향을 받기 때문입니다.

그럼 이제부터 제가 담당하였던 정서학대 사례를 살펴보겠습니다.

1장. 다~ 애 잘되라고 하는 소리지!

경찰에서 아동학대 사건으로 접수된 자료를 저에게 보내주었습니다. 여자 고등학생이 랜덤채팅[15]을 하다가 외삼촌에게 들켰고, 외삼촌이 아이를 훈계하는 과정에서 언성이 높아지고 욕설을 하자 아이가 경찰에 아동학대 신고를 한 사건입니다.

아이 이름은 이원주. 고등학교 2학년으로 엄마, 외삼촌, 외할아버지로 구성된 4인 가정이었습니다. 다소 외곽진 지역에 거주하였는데, 아이와 아이 어머니가 연락을 받지 않아 바로 가정방문을 하여 이들을 만나 조사를 진행했습니다.

먼저 아이를 불러 외삼촌과 있었던 일에 관해 물었습

---

15) 채팅 프로그램에서 무작위로 선택된 사람과 하는 채팅

니다.

"원주야~ 안녕. 선생님이 묻고 싶은 것이 있는데 오늘 외삼촌하고 무슨 일이 있었던 거야?"

그러자 원주는 최근에 채팅하다가 사고를 쳤고, 친구들과의 문제로 자퇴를 하게 되었다고 했습니다. 외삼촌이 이를 알고 밤에 밖에 나가지 말라고 했는데 늦은 밤에 친구를 만나러 나가서 본인에게 전화로 욕설을 사용하고 소리쳤다고 하였습니다. 외삼촌의 전화로 얼른 택시를 타고 귀가했는데, 집에 도착해서도 외삼촌이 큰 소리로 계속해서 욕설을 사용했다고 얘기했습니다. 이에 겁이 난 나머지 경찰에 신고하였다고 했습니다.

"그래. 삼촌이 욕설을 사용하고 원주에게 소리쳐서 무서웠겠구나. 같은 날에 다른 일은 없었어? 외삼촌이 원주가 밖에 나가서 욕설하고 소리친 것 외에 회초리를 들었다거나 손찌검을 했다거나."

"그날은 말씀드린 것이 다예요. 욕설 사용하고 소리친 것.

"그렇구나. 원주가 신고 당일에는 외삼촌이 욕설 사용

하고 소리친 것이 전부라고 이야기하였는데 이전에는 원주에게 다른 체벌을 하신 적 있어?"

"네. 올해 상반기에 자퇴했는데 그때 외삼촌이 또 욕설을 사용하셨고 뺨을 때리려고 하셨어요."

"뺨을 맞았던 거야?"

"아뇨. 맞지는 않았는데 외삼촌이 손을 높이 들어서 무서웠었죠."

"그렇구나. 자주 이런 일이 있는 거야?"

"자주 이런 일이 있는 것은 아니에요."

그러면서 외삼촌이 평소에는 욕설 사용하거나 손찌검을 하려는 등 위협적인 행동을 안 하는데, 본인이 사고를 쳤을 때는 큰소리치고 욕설을 하며, 위협적인 행동을 한다고 했습니다.

지금 당장은 외삼촌을 보고 싶지 않으나 외삼촌이 본인에게 화를 내거나 욕설을 사용하지 않는다고 하면 볼 수 있다고 했습니다.

그리고는 어머님을 만나보았습니다.

　어머님은 너무 답답하다는 말로 시작했습니다. 원주가 담배를 피워서 외삼촌이 학교에 몇 번 불려간 적이 있었고, 이후 아이가 학교에서 문제를 일으켜 학교를 못 다니게 되었다고 하였습니다.

　오늘 원주가 외삼촌과 싸우는 것을 보았는데, 외삼촌이 아이에게 집에서 나가라고 소리치기는 했지만 때리지는 않았다고 했습니다.

　어머님은 혼자 건축사무소 회계 업무를 하여 아이에게 오롯이 신경을 쓰기 어려운데, 그나마 외삼촌이 원주를 잘 챙겨준다고 했습니다.

　한번은 원주가 몰래 친구들과 부산으로 놀러 갔다가 사고를 쳐서 경찰에서 연락을 받았다고 했습니다. 너무 속상해서 있는데 외삼촌이 부산까지 가서 원주를 찾아왔다고 했습니다. 아이가 가족들을 힘들게 하고 사고를 자꾸 치는데, 외삼촌이 혼을 내서 그나마 덜 한 것 같다고 하며, 가정에서 외삼촌의 역할이 크다고 설명하였습니다. 외삼촌이 아이를 사랑하지 않으면 일일이 아이에게 잔소리하지 않을 것이고 부산까지 가서 아이를 데려오지도 않았을 것이라고 말을 덧붙이셨습니다. 그러면서 이런 점을 꼭 고려해달라며, 원주 외삼촌이 처벌받지 않게 해달라는 애원하였습니다.

이어서 아이 외삼촌을 만나, 신고 당일 원주와 어떤 일이 있었는지 들어보기로 하였습니다.

"선생님. 안녕하세요. 며칠 전 원주 관련하여 경찰에 아동학대 의심신고가 된 것에 대해 아이와 이야기를 나눈 후 선생님과 이야기를 하고 싶어 찾아왔습니다."

외삼촌은 제가 '학대'라고 언급한 것에 대해 바로 거부적인 태도를 보이며 면담을 하지 않겠다고 하였습니다. 그러나 아동학대 조사 및 개입과정과 아동학대 관련 법률을 설명해 드리니 이내 수긍하셨고, 원주와 있었던 일에 관해 물으며 대화를 이어나갔습니다.

외삼촌은 원주에게 사고 치지 말고 고등학교 졸업장만 받자는 말을 여러 번 했었는데 본인의 말을 무시해서 화가 났고, 훈계하는 과정에서 아이가 신고했다고 했습니다.

"이 아이가 무슨 일을 하는지 아십니까? 원주는 휴대전화에 성인 채팅 앱16)을 설치해서 나 모르게 이상한 행동을 합니다. 그래서 하지 말라고 경고를 하였습니다."

어젯밤에도 친구들과 밤에 나가지 말라고 말을 하였다고 했습니다. 원주도 안 나간다고 했었는데 본인의 말을 무시하고 친구들과 나가서 너무 화가 났고 속에 있는 것이 터져 나왔던 것 같았다고 했습니다. 전화통화로 호통을 치니 원주는 금방 돌아와서 잘못했다는 말을 계속했다고 했습니다.

원주의 휴대전화, 성인 남자관계 등 문제가 많아서 어디서부터 손을 써야 할지 모르겠다고 말해주었습니다.

그래서 "때려죽인다!"하고 육두문자를 연거푸 사용하게 되었고 때리지는 않았지만, 마당에 있던 빗자루를 들고 겁을 주게 되었다고 했습니다.

또 아이가 학생으로서 좋지 못한 여러 가지 행동을 했다고 했습니다. 특히 올해 1월 집 식구들에게 이야기하지 않고 친구들끼리 부산으로 놀러 갔던 것을 붙잡아 온 적이 있다고 했습니다. 부산으로 놀러 갔으면 곱게 놀다가 집으로 빨리 들어오면 될 것이지, 다른 지역까지 가서 술 마시고 언성을 높이다가 경찰서에 가게 되었다

---

16) 애플리케이션의 약자. 스마트기기(폰, TV 등)에서 사용하는 응용프로그램

고 했습니다. 이외 평소에 비행을 저지르고 교우관계에서도 많은 문제가 있었다고 했습니다. 친구들의 물건을 훔치고 친구들을 때린 적이 여러 번 있어 학교에서는 도저히 감당이 안 된다고 했으며 결국 아이는 자퇴하게 되었다고 했습니다.

외삼촌은 아이를 고등학교 졸업만 시키자고 학교에 두 번이나 찾아가 무릎을 꿇고 사과드렸지만 받아들여지지 않았다고 했습니다.

예전에도 비슷한 아이의 비행 문제로 화가 많이 났으며 아이를 혼을 낸 적 있다고 이야기했습니다. 조카가 공부를 잘하는 것은 필요 없고 고등학교 졸업만 했으면 좋겠다고 했습니다. 4년제 대학을 보내줄 형편은 안 되어도 2년제 전문대학 정도는 보내줄 수 있다고 아이에게 부탁했었다고 했습니다.

그러면서 "원주가 다 잘되라고 하는 소리입니다. 담당 공무원님 같으면 조카가 하나 있는데 속 썩이면 가만히 있겠습니까?"라고 물으시며 "나는 옛날에 배웠던 것을 그대로 하는 것입니다. 저는 나이 60이 넘어 발전된 제도에 못 따라가고 있는 것뿐이며 배웠던 대로 아이에게 올바른 길을 가도록 훈육을 하기 위해 화를 내었던 것 같습니다."라고 했습니다.

"유치원 때부터 조카 뒷바라지를 했는데 갑자기 학대라고 이야기를 하면 바로 인정을 할 수 있겠습니까?"라고 하며 마음을 가라앉히지 못하셨습니다. 그래서 외삼촌의 말씀, 애로사항 등을 들으며 아이를 위하는 마음은 좋으나 방법이 잘못된 것 같다, 아이의 문제는 문제의 관점에서 해결하려고 하셔야 하고 지금 식으로 아이에게 연거푸 큰소리, 욕설 사용, 빗자루로 위협하는 행동은 해서는 안 되며 오히려 아이를 어긋나게 하는 행동임을 안내해 드렸습니다.

마지막으로 "아동보호전문기관에서 원주와 상담하며 원주와 가정에 어떤 문제들이 있는지 사후관리를 하도록 하겠습니다. 이 과정에서 외삼촌께서도 받으셔야 할 아동학대 예방 교육이 있을 수 있기에 앞으로 연락드릴 수 있습니다."라고 했고 외삼촌께서는 알겠다고 하시며 현장조사를 마쳤습니다.

원주의 외삼촌도 아이가 엇나가는 것을 막고자 함이었으나 방법적인 부분에서 잘못된 행동을 하셨던 것입니다. 이렇듯 원주의 외삼촌처럼 때리지 않으면 학대가 아닌 것으로 생각하는 분들이 계실 것입니다. 또 아이가 잘되라는 의미에서 소리치거나 욕설을 하고 인신공격을 하는 행위는 아동을 정서적으로 더욱 안 좋게 만들며 내가 생각한 바른길에서 엇나가게 하도록 하는 촉진제가 될 수 있습니다.

세대 차가 크게 날수록 아동 양육, 학대에 대한 인식이 다르므로 일을 하면서 더욱 부딪히게 되는 것 같습니다.

2장. 부부싸움도 아동학대가 되나요?

한해에 부부싸움 노출에 따른 아동학대 사건은 적지 않게 일어나고 있습니다.

대부분 경찰이나 해바라기센터17)에서 부부싸움이나 가정폭력 문제로 부부를 조사하는 과정에서 아이가 부부싸움에 노출되었다는 것이 확인되면, 저희에게 아동학대 의심 건으로 통보해주어 아동학대 조사가 시작됩니다. 조사를 하면 부부싸움 중에 아이를 때린 것도 아닌데 왜 본인이 아동학대 가해자냐며 조사담당자에게 자주 화를 내시곤 합니다. 그러나 이는 엄연히 학대입니다.

아동의 정신건강에 해를 끼치는 정서학대를 아동복지법 상에 아동학대로 명시해 놓고 있으며, 정서학대 관련

---

17) 성폭력 피해아동·여성, 가정폭력 피해아동·여성, 성매매 피해 여성을 365일 지원하는 곳

유죄판결 사례 중 부부싸움 노출에 의한 사례도 있습니다.

앞서 말씀드렸다시피 저도 부부싸움에 아이를 노출하는 것도 아동학대가 된다는 것을 안 것은 2017년도의 아동복지 담당자들을 대상으로 한 교육에서였습니다. 이렇듯 많은 분이 이 사실을 잘 모르실 것 같습니다.

저에게는 아들이 한 명 있습니다. 최근 아이와 '헬로카봇'이라는 만화를 보게 되었습니다. '차탄'이라는 남자 주인공이 시즌별로 등장하는 로봇들과 함께 여러 가지 에피소드를 재미있게 풀어갑니다. 이 책을 집필하면서 여러 에피소드 중 '부부싸움은 못 말려' 편이 생각납니다. 차탄의 아빠는 경찰인데, 아빠가 집안일을 전혀 하지 않아 엄마는 불만이 생겼고, 아빠는 일하고 집에 들어오면 피곤한데 엄마가 집안일을 시켜 불만이 생겼습니다. 부부간의 신경전이 계속되던 중 차탄의 엄마는 이에 큰 불만을 품고 아빠에게 이혼하자고 말했습니다.

그런데 이 부부싸움 장면을 아이(차탄)가 전부 목격하고 충격을 받습니다. 부모님의 부부싸움이 자녀에게 노출된 것입니다. 차탄은 부모님의 이혼을 막기 위해 카봇들을 소환하여 여러 가지 방법을 동원하여 부모님이 법원에 가는 것을 방해합니다. 마지막에는 결국 아빠가 먼저 엄마에게 사과하였고, 엄마는 아빠의 처지를 이해하며 화해하는 것으로 마무리됩니다.

차탄의 부모님이 부부싸움 중 물건을 던지거나 몸싸움을 했던 것도 아니고, 아이를 때리거나 아이에게 소리치지는 않았습니다. 하지만 아이가 부부싸움을 보고 무서워했으므로 이것은 아동학대 중 정서학대에 해당한다는 것을 꼭 기억하셨으면 좋겠습니다.

애니메이션을 있는 그대로 즐기지 못하고 아동학대 사건과 연관 지어 생각하는 제 모습에 저의 아내는 그저 웃기만 하였습니다. 실제로 신고된 부부싸움을 보면 가정폭력을 동반한 경우가 많습니다. 제가 진행했던 실제 부부싸움 노출과 관련된 정서학대 사례를 보시겠습니다.

어느 날 한 여성분이 본인의 아이가 예전에 아동학대를 당했었다며 신고하셨습니다. 현재 부부는 서로 이혼상태이지만, 이혼 전에 남편이 본인에게 욕설을 사용하고 폭력을 행사한 것을 아이가 자주 봤다고 했습니다.

자세한 설명을 부탁드리자, 전 남편은 아들이 옆에 있는데도 입에 담지 못할 심한 욕설을 서슴없이 했다고 했습니다. 그리고 현재 아이는 자영업에 종사하고 있는 전 남편이 키우고 있는데, 아이가 매일 휴대폰으로 영상매체를 보지만 아이 아버지는 이를 방치시킨다고 했습니다. 본인이 아이를 양육하고 싶어도 아이를 절대 보지 못하게 해서 힘들다고 했습니다.

지속해서 부부싸움 폭력 장면에 아이를 노출 시킨 점, 아이를 방치시키는 점 모두 아동학대라며 신고를 했고 아이 아버지를 엄벌해달라고 말씀하셨습니다.

어머님의 말씀을 듣고 나서 아이가 다니는 학교에 연락하여 아동과 학교 선생님들을 만나보았습니다. 아이는 아빠가 엄마에게 발길질하고 욕설하고 큰소리를 친 것을 본 적이 있으나, 아빠가 본인을 싫어해서 매번 욕설하고 때리는 것은 아니라고 말했습니다. 아빠가 좋지만, 아빠가 엄마를 때릴 때는 매우 무서웠다고 했습니다. 아이에게 더 많은 것을 물어보려 하였으나 아이는 이내 진술하기를 거부하여 더 이상의 조사는 불가능했습니다.

이어서 만난 학교 선생님도 어머님의 진술과는 완전히

다른 말씀을 하셨습니다. 아동은 굉장히 밝은 아이이며 최근 발견된 학대 정황은 없다고 하셨습니다. 아동의 부모님이 최근에 이혼했다는 사실을 알게 되었고 선생님께서 보시기에는 아버님보다 어머님이 더 문제가 있다고 말씀하셨습니다. 얼마 전 어머님이 술에 잔뜩 취한 상태로 학교에 찾아와 아동이 있는 반을 찾아다녔으며, 교장 선생님을 찾아가서 아이를 보게 해 달라고 횡설수설했다고 말씀하셨습니다. 어머님이 우울 증상이 있는 것 같고 술을 드신 채로 학교에 오는 일이 반복되어 아동의 학교생활이 방해받고 있는 것 같다고 말씀하셨습니다. 그리고 어머님과 생활했을 때는 지각이 잦았으며 의사소통이 원활하지 않았던 반면 아버님과 지내고 있는 지금은 오히려 아동이 등교도 잘하고, 용모가 단정해졌다고 말씀하셨습니다.

이후 아버님께 아동학대 의심 신고 들어온 것에 대해 말씀을 드리고 아버님을 찾아가서 면담하였습니다. 아버님은 어머님이 아동학대 신고를 한 것을 예상하였고 어머님과 있었던 일들에 대해 말씀하셨습니다. 어머님은 우울증이 있으며 이전에 자살 시도를 한 적이 있다고 했습니다. 어머님은 술을 자주 마셔서 아동을 잘 돌보지 않아 병원에 데려가려고 많은 노력을 기울였으나 잘 안 되었다고 했습니다. 이런 일이 지속되다 보니 아버님이 어머님에게 손찌검했고, 아버님도 지쳐서 이혼을 결심하게 되었다고 했습니다. 어머님은 현재 정신과 약을 복용 중인데, 어머님의 상태가 호전되면 아이를 만나게 해줄 의향은 있으나 지금은 아니라고 단호하게 말씀하셨습니다.

그리고 부부싸움을 자주 했고, 어머님에게 욕설을 사용하는 모습들이 아이에게 노출이 되어 아이가 불안한 환경에서 지냈을 수 있다는 점을 인정하셨습니다. 그러면서 아버님은 부부싸움도 아동학대에 해당하는지 물어보셔서, 부부싸움이 아동에게 노출되었다면 그것은 엄연한 아동학대라고 말씀을 드렸습니다.

영상매체만 보여주고 방치를 하고 있다는 것에 대해서는 본인의 잘못을 바로 인정하셨습니다. 아버님 혼자서 아이를 계속 돌보는 게 쉽지는 않고, 장사를 해야 하는 환경 때문에 신경을 잘 못 쓴 것은 맞다고 하셨습니다. 그렇지만 곧 근처에 월세를 얻을 것이며, 아이돌보미를 신청하여 아동의 양육 공백을 최소화하겠다고 약속하셨습니다.

신고를 받았을 때는 아버님이 어머님을 상습적으로 폭행하여 아동의 정서학대 의심 건으로 판단을 했으나, 현장조사 결과 아버지랑 지내고 있는 현재가 오히려 아동에게는 나은 환경임을 알게 되었습니다. 상황이 어찌 되었든 부부싸움을 목격한 아이는 공포심을 갖고 불안에 떨며 지내고, 마음의 상처를 받을 수 있다는 점을 꼭 아셨으면 좋겠습니다.

3장. 가정폭력이 무슨 아동학대야?

  어느 날이었습니다. 경찰이 아동학대 의심이 된다며 연락을 주었습니다. 경찰에서 가정폭력으로 신고받아 부모를 조사하였는데 가정폭력 장면에 아이가 노출되었다는 것을 확인하였기 때문입니다.

  부모와 초등학생 아이로 구성된 3인 가정으로 아이의 이름은 이진명이였습니다. 어느 날 부모님의 의견 충돌로 아버님은 어머님을 말싸움 도중 손, 발로 폭행하였고 폭행을 당한 어머님은 화가 나고 참을 수 없어 가정폭력으로 경찰에 신고하였습니다. 경찰이 한 달 가까이 부모님을 조사하였고 두 분이 화해하는 것으로 가정폭력 사건은 마무리했으나, 추후에 아동이 정서학대 피해자로 의심된다며 통보된 사건이었습니다.

이미 가정폭력으로 종결된 사건인데 뒤늦게 시청 아동보호팀에서 아동의 정서학대 의심으로 현장조사를 하겠다고 하니 아버님의 거부반응이 만만치 않았습니다. 근거 법령을 요구하는 것에서부터 시작해서 '집안 분위기를 쑥대밭으로 만들어 놓는 것 아니냐, 그 일을 잊어갈 때쯤 왜 들쑤시는 것이냐' 등등 아버님의 불만 사항이 많았습니다. 직접적으로 아이에게 해를 가한 것은 아니나 두 분 사이에 있었던 일을 아이가 목격한 것 자체가 아이의 정서발달에 좋지 않은 영향이 있을 수 있고, 경찰에서 연계 받은 대로 진행을 하는 것이라 말씀을 드렸습니다. 몇 번의 설득과 근거 법령을 말씀드린 끝에 어렵게 아이와 부모님의 조사 일정을 잡을 수 있었습니다.

"진명아 안녕. 며칠 전에 엄마, 아빠 사이에서 무서운 일이 있었던 것을 본 것 같은데 선생님한테 이야기해 줄 수 있어?"

"아빠가 엄마를 때렸어요."

"아빠가 엄마를 왜 때렸다고 생각해?"

"엄마가 할머니 할아버지한테 잘 못 한다고 아빠가 큰

소리로 엄마한테 계속 이야기를 하다가 때렸어요."

"아빠가 엄마를 때리는 모습을 본 진명이 기분은 어땠어? 많이 무서웠어?"

"네. 아주 무서웠어요. 근데 아빠가 엄마한테 자주 소리치고 화내서 아빠가 무서워요."

"그래? 아빠가 엄마한테 큰소리 낸다고 했는데 진명이에게도 그런 적 있어?"

"아니요. 저한테 그러시지는 않아요. 아빠가 항상 바쁘시거든요."

"아! 그렇구나! 아빠하고 진명이 하고는 계속 잘 지내?"

"네. 아빠가 숙제도 잘 도와주고 퇴근하고 집에 오시면 먹을 것도 자주 사주시고 이야기도 많이 해주시고 좋아요. 그런데 아빠가 엄마한테 화내는 것을 보면 너무 무섭고 같이 있기 싫어요."

"아 그래? 그러면 아빠가 엄마한테 소리 지르고 때린 적이 많아?"

"아빠가 자주 소리를 지르는데, 엄마를 때리는 것은 많지는 않아요. 그렇지만 한 번씩 있어요. 무서워요."

이야기하기 힘들었을 텐데 시간 내줘서 고맙다는 말로 대화를 마무리하고 어머님과 이야기를 시작했습니다.

"저는 시청 아동보호팀에서 나왔고요, 요즘은 아동에게 부부싸움·가정폭력 노출이 되는 것도 아동학대에 해당하여 경찰에서 저에게 통보를 주었습니다. 경찰에서 선생님들께 아동학대 조사를 위해 시청에서 연락이 갈 것이라고 안내를 드린 것으로 알고 있습니다. 신고 당일 무슨 일이 있었는지 여쭈어보겠습니다."

"그냥, 집 안에서 있었던 일이고요, 대다수 부부가 그렇다시피 시댁과의 문제 때문이었어요. 남편은 나이에 비해 너무 가부장적이에요. 제가 시댁에 잘 못 한다고 난리죠. 시댁에 자주 전화해라, 동생들한테 잘해라, 맏며느리로서 역할을 다해라 등등 요구만 하니까 제가 너무 답답하고 짜증이 났어요. 서로의 얘기만 하다가 언성이 높아졌고, 아이 아빠가 저한테 욕을 하면서 손찌검을 했죠."

"아! 두 분께서 그런 사연이 있다고 하시니 제가 마음이 좋지는 않네요. 그럼 아이가 아버님이 어머님께 욕설하고 손찌검을 하는 모습을 다 봤던 것인가요?"

"네. 아이가 보게 되었죠. 소리도 다 듣게 되었고요."

"그렇군요. 그때 아이 반응은 어땠던가요?"

"항상 무서워하죠. 무서워하는데 다행히 아이 아빠가 아이한테 손찌검하거나 소리를 지르지는 않아서 그건 다행이라고 생각해요."

어쨌든 이렇게 두 분 사이에 있었던 일들이 아이에게 장기간 노출되어 정서학대가 의심된다면 아동학대로 판정이 되고, 아동보호전문기관에서 상담 및 교육이 연계될 수 있다고 설명 드렸습니다.

다음은 아버님을 뵈었습니다.

"그때 경찰에서 조사를 다 해가셨잖아요. 근데 당신들이 뭔데 이렇게 다시 와서 우리 집을 쑥대밭으로 만드는 겁니까?"

"아뇨. 저는 경찰로부터 아동학대 의심 정황이 확인되었다고 하여 조사를 하러 온 것입니다. 아이와 어머님, 아버님 모두의 이야기를 들어보기 위해 온 것입니다."

"조사라고? 당신들 특별사법경찰관 권한 갖고 있어요? 당신이 뭔데 나를 조사한다고 하는 겁니까?"

"아! 특별사법경찰 권한은 없습니다. 저희는 수사권은 없고 아동복지법, 아동학대 처벌 등에 관한 법률에서 현장조사 규정을 들어놓고 있기에 조사라는 말을 썼고요, 조사라는 말 대신 면담, 상담한다고 생각하시면 됩니다."

"당신 법에 대해 얼마나 알아? 제가 변호사입니다. 그래서 제가 이 바닥이 어떻게 돌아가는지 다 알고 있어요. 이상하게 하면 당신들 다 고소할 거니까 똑바로 하세요. 함부로 가정에 끼어들고 그러지 마세요."

"네. 잘 알겠습니다. 저는 제가 해야 하는 업무 범위

즉, 아이와 관련된 부분과 아동학대로 판단이 될 만한 소지가 있는 부분에 대해서만 개입을 하도록 하겠습니다. 아동복지법, 아동학대 처벌 등에 관한 법률을 찾아보시면 잘 이해하실 수 있을 것입니다. 요즘은 부부싸움이나 가정폭력이 아이에게 노출되는 것도 명백히 아동학대로 봅니다. 아이가 아버님이 어머님을 손찌검하는 장면을 봤다고 했습니다. 그때 당시에 어떤 일이 있었던 것인가요?"

아버님은 경찰에서 조사했던 것을 참고하면 안 되냐며 진술을 꺼렸지만, 조사의 관점이 다르다고 설명해 드렸습니다. 그랬더니 아버님은 어머님에 대한 불만을 끊임없이 말씀하시면서 가정폭력의 원인을 어머님 탓으로 돌렸습니다.

조사를 통해 진명이에게 또 다른 학대 정황은 없는 것으로 확인이 되었고, 가정폭력과 관련된 사항은 이미 경찰에서 종결된 사건이므로 가정폭력에 노출된 진명이가 아동학대의 피해자임에 초점을 두어 아버님께 정서학대에 관해 설명해 드렸습니다. 가정폭력 노출에 따른 아동학대의 심각성에 대해 다시 한 번 강조하고, 아동보호전문기관의 사후관리를 연계해드렸습니다.

4장. 겁만 주려고 한 거예요!

다음은 두 자매와 관련된 이야기입니다.

따르릉.

중학교 교사로부터 아동학대 의심 신고 전화가 들어왔습니다. 어머님이 아이에게 폭력을 가한 사실을 알게 되었다는 내용이었습니다.

피해아동은 중학교 1학년 여학생인 선미와 초등학교 3학년인 선영이.

교사는 선미와 상담을 하다가 어머님이 지속적으로 아이들에게 폭언을 하고, 아이들에게 도구로 위협적인 행동을 한다고 얘기했다고 했습니다.

심각한 학대 피해가 예상되어 인근 도서관에서 아이들을 만나 조용히 이야기를 나누었습니다.

"안녕, 선미야, 선영아. 선생님은 선미, 선영이 같은 아이들이 부모님과 잘 지내는지 살펴보고 너희들을 도와주는 사람이야. 선미와 선영이가 엄마와 굉장히 무서운 일이 있었다고 얘기를 들었는데, 어떤 일이 있었는지 이야기해 줄 수 있을까?"

"엄마 아빠가 부부싸움을 했는데 아빠가 잘못한 것 같지는 않아요."

"그래? 그럼 엄마가 아빠한테 잘못한 게 될까?"

"엄마는 아빠에 대해 오해가 있는 것 같아요. 아빠가 아빠 회사 동료분하고 같이 있는데 그분이 아빠랑 친한 것에 대해서 엄마는 아빠가 바람피우고 있다고 생각하세요. 저는 잘 모르겠지만 그렇게 생각하고 있는 것 같고 그 일 때문에 저희 앞에서 싸웠고 너무 무서웠어요. 또 아빠가 늦게까지 술을 마시면 엄마가 화를 많이 내요."

"그렇구나. 선미, 선영이가 엄마 아빠가 싸우는 것을

보았는데 두 분이 싸우는 과정에서 화를 내고 도구를 들기도 하신 거야?"

"네. 엄마하고 아빠하고 싸우면 아빠는 회사에 가시거든요. 근데 엄마는 집에 계시는데, 아침에 집에 같이 있다가 갑자기 화가 나셨는지 큰소리치고 저희한테 회초리를 드셨어요."

"회초리로 맞기도 한 거야?" 하니

"아뇨. 맞지는 않았어요. 그런데 때릴까 봐 무서웠어요."

"회초리는 어떤 거야?"

"어른들 등을 긁는 것 있지요."

"아! 등긁개, 효자손 말하는 거야?"

"네. 맞아요."

아이들의 진술을 참고하여 어머님을 찾아가 현장조사

를 진행하였습니다.

어머님은 어제 아버님과 실랑이가 있었다고 했습니다. 서로 몸싸움한 것도 인정하셨는데, 남편 때문에 우울증도 생겼다며 너무 힘들다고 토로하셨습니다. 저의 질문에 많은 거부감을 보이지는 않았지만, 어머님에게 안정되지 못한 심적인 불안함이 있는 것 같은 느낌이 들었습니다.

아버님이 자주 술을 마시고 집에 늦게 들어와 걱정을 많이 했는데, 외도 때문이었다는 사실을 알고 나서 엄청난 충격과 배신감이 들었다고 했습니다. 남편이 잘못을 인정하고 관계를 정리하겠다고 했으나 남편이 외도를 한 장면이 머릿속에서 지워지지 않고, 술을 마시고 들어오는 날이면 욕이 나오고 언성이 높아져 결국 서로 다투다가 몸싸움으로까지 번지게 된다고 했습니다.

부부싸움 중에 아이들이 있었는지 여쭤보니 아이들 앞에서 부부싸움을 하면 안 되는 것을 알고 있지만, 감정주체가 되지 않아 아이들을 신경 쓰지 못했다고 했습니다. 그래서 저는 부부싸움을 아이들이 보는 것만으로도 아이들에게 큰 트라우마를 줄 수 있으므로 아이들 앞에서는 언행을 조심해주실 것을 당부드렸습니다.

"그리고 어머니께서 아이들한테 도구를 드셨다고 들었는데 어떤 도구를 쓰셨을까요?"

"도구요? 회초리 말씀하시는 건가요? 회초리라고 하면 효자손이요. 숟가락을 들기도 하고요. 겁만 주려고 한 거예요! 실제로 때린 적은 없어요. 애들을 어떻게 때리겠어요?"

"어머님. 어찌 되었든 도구를 들어 아이들이 무서워하게 되는 것들도 정서학대에 해당합니다. 앞으로 아이들을 키우면서 절대 그래서는 안 됩니다."

"네. 알겠어요. 둘째는 모르겠는데 첫째는 사춘기가 오려는지 말을 잘 듣지 않아요. 중학생이면 공부가 중요하잖아요? 그런데 하라는 공부는 안 하고 매일 놀기만 해요."

"중학교 1학년이면 이제 적응하려고 할 때죠. 아이를 격려해주고 기다려 주실 수는 없나요?"

"처음부터 방향을 제대로 잡아줘야지, 그렇지 않으면 계속 엇나가게 될 거예요. 그리고 또 문제가 있어요."

"어쨌든 어머님. 아이가 말을 잘 듣지 않더라도 체벌은 절대 하지 마시고 양육 방법, 훈육 방법에 대한 상담전문가를 찾아가시거나 담임교사에게 자문해보는 것이 좋은 방법입니다."

이후 아동보호전문기관에서 아이들을 상담하고 어머님께 아동학대예방교육 지원을 위해 연락을 드릴 수 있음을 이야기하였습니다. 그리고 아이들에게 큰소리치거나 회초리를 들어 위협하는 것은 안 되며, 부부간의 이견 조율이 필요하실 경우 아이들이 보지 않는 곳에서 하면 좋겠다고 말씀드렸습니다.

마지막으로 아버님께 연락을 드리고 찾아뵈었습니다.

아버님은 그날 아이들에게 싸우는 모습을 보이기 싫어 어머님에게 밖으로 나가서 이야기하자고 했지만, 어머님이 갑자기 화를 내며 시비를 걸어와서 싸우기 시작했다고 했습니다. 어머님은 자꾸 외도를 의심하는데, 본인은 한 번도 외도한 적이 없다며 결백을 주장하였습니다. 자영업을 하다 보니 술을 마셔야 하는 상황이 많이 생겨 늦게 귀가하는 편인데, 아내가 자꾸 오해를 하고 시비를 걸어 본인도 화가 많이 났다고 하셨습니다. 아이들이 자고 있었는데 부부싸움 소리를 듣고 아이들이 나와서 보고는 다시 방으로 들어가기에 바로 자는 줄 알았다고 했습니다.

혹시 아이들을 훈육할 때 어떻게 하시는지 여쭤보니, 일찍 출근하고 늦게 퇴근하여 아이들을 거의 보지 못한다고 하셨습니다. 그리고 아이들에게 한 번도 회초리를 들거나 때린 적은 없다며 아이들에게 물어보라고 하셨습니다.

다른 아동학대 정황은 파악되지 않아 이렇게 조사를 마쳤습니다. 부부간 감정의 골이 깊어짐에 따라 부부싸움으로 번져 결국 아동학대로 이어졌습니다. 부부 상담과 아이들의 심리검사 치료가 필요하다고 판단되어 아동보호전문기관의 사후관리로 연계하였습니다.

이상으로 정서학대가 일어났던 사례를 살펴보셨습니다. 아이들의 정신건강과 정서발달에 해를 끼치는 모든 것이 아동학대입니다.

정서학대는 아동학대 발생 건수에서 가장 높은 비율을 차지하고 있습니다.

정서학대는 겉으로 잘 드러나지 않고 객관적인 기준을 제시하기 힘들어 사실상 판단하는 기준이 모호하다고도 볼 수 있습니다. 하지만 대다수의 아동학대는 아동에게 공포심을 유발하고 정서발달에 해를 끼칠 수 있으므로 정서학대를 동반한다고 보시면 됩니다.

요즘 많은 아동과 청소년을 대상으로 성범죄가 일어나고 있으며, 이는 언론에 많이 보도되고 있습니다. 다음 장에서는 성학대가 일어났던 사건들을 함께 보겠습니다. 제가 직접 조사했던 성학대는 어떻게 일어났으며 어떤 것이 있었는지 살펴보려고 합니다.

제**4**부 성 학 대

성학대의 종류에는 어떤 것들이 있을까요? 성관계장면 노출, 나체 및 성기노출, 자위행위노출 또는 강요, 신체추행, 구강추행, 성기추행, 항문 추행, 드라이성교, 음란물 노출, 성기삽입, 구강성교, 항문성교, 성매매 등이 있습니다. 대부분의 아동학대 사건(신체, 정서, 방임·유기)은 학대의 경중에 따라 경찰의 수사 개시 여부가 결정되지만, 성학대는 아동의 피해가 중하기 때문에 무조건 경찰에서 사건을 진행하고 수사를 개시합니다. 일반적으로 피해아동은 해바라기센터에서 성폭행, 성희롱 등 당했던 것을 진술하고, 학대 가해자는 경찰서에서 진술합니다.

여러 성학대 사례 중 제가 첫 번째로 다루었던 사건은 어머니가 아동에게 음란물을 노출했던 건입니다.

1장. 제 핸드폰에 음란물이 있어요

아이에게 직접적으로 성적인 위해와 위력을 가하지 않았다면 성학대가 아니라고 생각할 수 있지만, 아동에게 음란물이나 성관계 장면을 노출한 것도 성학대가 맞습니다.

어느 날 아이가 갖고 있어서는 안 될 자료를 갖고 있다며 담임교사가 신고 전화를 하였습니다.

어떤 자료인지 물어보니 교사의 대답은 충격적이었습니다. 아이의 핸드폰에 음란물이 많이 들어있으며, 낯선 사람으로부터 잠자리하자는 내용의 연락이 온다는 것이었습니다. 자세히 알아보니 아이의 핸드폰에 있는 성인 애플리케이션과 음란물은 어머님이 사용하는 것이며, 어머님은 아이의 핸드폰을 사용해서 모르는 남자들과 연락을 한다고 했습니다. 또 어머님이 아이의 학원 건물 앞에서 낯선 남성을 만나 함께 모텔에 갔다 오는데, 갔다 오면 돈을 받는다며 좋아한다고 했습니다.

또 아이는 엄마가 낯선 사람들과 주고받았던 메시지 내용과 엄마가 아이의 핸드폰에 저장해 놓은 야한 영상과 사진을 보았다고 했습니다.

아이의 이름은 유지수. 엄마와 딸로 구성된 모자가정으로, 어머님은 심한 지적장애가 있으며 지수는 초등학교 6학년 학생이었습니다.

응급조치가 필요한 큰 사안으로 판단되어 학교로 찾아가 아이를 만났습니다.

"지수야~ 안녕. 선생님이 여기 왜 왔는지 알아?."

"아뇨. 그런데 알 것 같기는 해요. 엄마 때문에 그러는 것이죠?"

"응. 엄마가 지수 핸드폰을 사용해서 무슨 놀이를 했다고 들었는데 어떤 놀이일까?"

"놀이는 아니고요, 엄마는 핸드폰이 없어서 제 것을 사용해요. 그런데 제가 안 쓰는 애플리케이션이 많이 깔려 있어서 봤더니 엄마가 모르는 사람들이랑 이상한 채팅을 한 거였어요. 야한 사진이랑 동영상도 있었어요. 그런데 지금은 삭제했죠."

지수는 그런 것을 볼 때마다 바로 삭제할 뿐, 엄마에게 그런 것들에 관해 물어본 적은 없다고 했습니다. 한 번은 엄마가 핸드폰을 보다가 갑자기 웃으며 너무 좋아하기에 이유를 물어보니 돈을 받을 수 있다고 했다는 것입니다.

걱정되는 점은 지수가 엄마에 의해 성적으로 노출이 되어 피해를 볼 수 있고, 그릇된 성 개념이 형성되어 잘못된 길로 갈 수도 있다는 점이었습니다. 아이의 앞길이 걱정되어 어머님을 빨리 만나보기로 했습니다.

"어머님. 최근에 지수 핸드폰에 지수가 봐서는 안 될 영상이나 사진 등이 저장되어 있고 성인 채팅앱이 설치되어 있다고 들었는데 이것에 대해 알고 계셨는지 여쭤어봅니다."

"………"

"언제부터 지수 핸드폰으로 이렇게 하셨던 것이죠?"

"………"

"무슨 이유로 아동의 핸드폰으로 이런 자료들을 보시고 아이가 성인채팅 앱을 보게 되었음에도 그대로 두셨을까요?"

"(질문을 하고 시간이 지난 후)돈이 필요해요. 월세도 내야 하고 지수 학교 준비물도 사야 해요."

어머님의 청력이 좋지 않고, 의사소통이 원활하지 않아 현장조사를 하는 데 많은 시간이 걸렸습니다. 하지만 중대한 사건인 만큼 여러 이야기를 하였으며 결국 어머님이 지수 핸드폰으로 음란물을 접하고 성인 채팅앱을 사용한 사실들을 인정하였습니다.

어머님은 지수의 보호자 역할을 제대로 하지 못하는 것으로 판단을 하였습니다. 아이에게 음란물과 성인 채팅앱 사용 노출 등을 넘어 아동의 교육, 인격 형성에도 좋지 않은 환경이었기 때문입니다. 지수를 돌봐줄 친인척이 없어서 어머님에게 아이를 아동복지시설에 보내는 것을 권유하였고, 동의를 받았습니다. 시설보호 동의를 받을 때 멀리 거주하고 계시는 지수의 외조모에게도 연락하여 아동학대 신고 상황을 설명하였고, 논의한 끝에 지수는 아동복지시설에서, 어머님은 한부모시설에서 생활하는 것으로 사건을 종결지었습니다.

성학대로 판단을 하였고, 아동보호전문기관에서 개입하여 지수와 지수 어머님의 사후관리를 하고 있습니다.

지수가 당시 갑작스럽게 아동복지시설로 입소하여 힘들고 적응하는 데 시간이 걸렸겠지만, 좋은 환경에서 입소 아동들과 기본적인 사회생활을 배우고 좋지 않은 행동을 답습하지 않고 올곧고 밝게 자랐으면 좋겠습니다.

2장. 나는 술 먹고 그런 것 기억 안 나!

이번 장에서 살펴볼 내용은 아버님이 딸아이를 성추행했는데 술을 먹어서인지 기억이 안 난다고 발뺌하였던 사례에 대해 다루어보고자 합니다.

이 가정은 아버지, 어머니, 딸 2명으로 구성된 4인 가정이었습니다.

첫째 딸아이가 남자친구와의 문제로 경찰서 형사팀에서 조사를 받다가 이 아동이 아버지에 의해 성추행당한 사실이 확인되어 경찰서에서 아동보호팀으로 아동학대 의심 신고를 한 사례입니다.

무더운 여름밤 경찰서에 갔습니다. 피해아동은 동거 중인 두 살 연상의 남자친구에게 심한 폭행을 당해 경찰에서 조사를 받게 되었고, 경찰은 가해자와 피해아동을 조사하면서 피해아동이 아버지로부터 신체학대와 성추행을 당했다는 사실을 알게 되었다고 했습니다. 저는 피해 아동이 아버지와 무슨 일이 있었는지 확인해야만 했습니다.

아이의 이름은 김혜진이고 고등학교 1학년이었습니다.

"혜진아, 선생님은 시청 아동보호팀에서 왔고 혜진이처럼 힘들어하는 친구들을 상담하고 도와주는 일을 하고 있어. 경찰 분들이 너를 조사하다가 선생님이 너를 도와주어야 할 일이 있다고 연락해주셔서 오늘 오게 되었어. 최근에 아버지하고 안 좋은 일이 있었던 것 같은데 맞아?"

"네."

"그래, 혜진아, 어떤 일이 있었는지 선생님에게 이야기해 줄 수 있니? 이야기하기 많이 힘들겠지만 네가 최근에 아버지와 어떤 일이 있었는지를 이야기해줬으면 좋겠어. 선생님이 너를 도와주고 싶어서 그래."

"아빠는 술을 자주 먹고 와서 행패를 부려요. 그날도 아빠가 술을 먹고 집에 와서는 엄마한테 막 화를 냈어요. 동생이 아빠를 말리니까 아빠는 엄마랑 동생에게 또 큰소리치면서 물건을 던졌어요. 그런 모습을 보기 싫어서 가출했어요."

"혜진이가 기분이 많이 안 좋았겠네."

"한 달 전쯤이었나, 며칠간 가출했다가 다시 집에 들어가니 아빠가 제 얼굴과 배를 때렸어요. 주먹으로 머리를 때리더니 뺨이랑 배도 때렸어요. 귀가 울리고 몸이 휘청거릴 정도였어요."

혜진이는 아버지에게 맞은 뒤 상처가 생겼지만 병원에 가지 않고 연고만 발랐다고 했습니다.

"네가 참 많이 힘들었겠다. 어떻게 이런 일들을 견뎌냈을까? 또 그전에도 이런 일이 있었어?"

"작년 여름쯤 아빠, 엄마가 싸우며 이혼할 거라고 했어요. 아빠가 선풍기랑 공기청정기를 발로 차면서 저한테 누구랑 살 건지 물어보았어요. 저는 그 상황이 너무 싫어서 집을 나갔다가 들어왔어요. 다시 집에 들어왔을 때 아빠는 저를 밖에 못 나가게 했고 '죽을래? 미친년아!' 이런 욕설을 했어요."

"그랬겠구나. 지금까지 들어봤을 때 혜진이가 심적으로 불안하고 힘들었을 것 같네. 지금 이야기해 준 것 말고 다른 일도 있었니?"

혜진이는 얼버무리며 이야기를 이어갔습니다. 1~2년 전쯤, 자고 있는데 아버님이 만취 상태로 집에 들어와 본인의 방으로 바로 들어온 것 같다고 했습니다. 그런데 아버님이 손으로 가슴과 음부를 만지더라고 했습니다. 그래서 혜진이는 많이 놀라 피하려고 자는 척을 하며 돌아누웠다고 했습니다. 아버님은 기억 안 난다고 할 것 같고, 어머님에게 이야기하면 가정에 문제가 생길까 봐 말을 하지 않았다고 했습니다.

"그래? 그것은 굉장히 심각한 문제인데? 더 이야기해 줄 수 있어? 그래서 혜진이가 집을 나갔던 거야? 가출한 정확한 이유는 뭐야?"

"아까 말씀드린 이유도 있고요, 아빠 때문이죠. 술 마시면 엄마를 때리고 엄마한테 '개 같은 년'이라고 하고, 저랑 동생에게도 욕을 하고 물건을 부수기도 해요. 매일같이 술 먹고 괴물로 돌변해서 엄마랑 저희를 괴롭히는 아빠랑 같이 살고 싶지 않아요."

"그래. 선생님에게 이야기하기가 매우 어렵고 두렵기도 했을 텐데 용기를 내어 말해줘서 고마워."

아이와의 이야기가 마무리하고 경찰서 조사실 뒤편에서 기다리고 계셨던 어머님과 이야기를 이어나갔습니다.

어머님은 이 성추행 의심과 관련한 사실에 대해 전혀 모르고 있었다고 했습니다. 아이가 이야기한 적도 없고, 남편이 아이에게 그런 식으로 행동을 했을 것이라고는 상상도 해보지 않았다고 했습니다.

그 외 아버님이 혜진이를 신체적·정서적 학대를 하고, 아이들에게 가정폭력 상황을 노출시킨 것에 대해서는 인정하셨습니다.

어머님은 본인이 아버님에게 가정폭력을 당했던 것에 대해 이야기를 이어나가셨습니다.

어머님은 아버님이 어렸을 때부터 굉장히 강박적인 가정에서 체벌을 많이 받고 자랐기 때문에 어머님에게도 가정폭력을 수시로 했던 것 같다고 했습니다. 또 결혼 초 잠깐을 제외하고 계속 싸웠다고 했습니다.

저는 조사과정에 응해주셔서 감사하다는 말씀을 드렸고, 아버님이 경찰 수사를 받고 결과가 나오면 아버님의 성학대 인지 여부에 관해 판단을 할 수 있을 것 같다고 말씀을 드렸습니다.

경찰 수사 결과, 아버님은 아이를 때리고 욕설하고 큰소리 낸 것은 인정하셨지만 성학대 의심 내용은 전혀 인정하지 않으셨습니다. 술 먹고 있었던 일은 전혀 기억이 나지 않는다고 하셨습니다.

결국 혜진이와 아버님의 진술 불일치로 성학대 판정은 잠시 보류되었으나 신체학대와 정서학대는 인정되어 현재 사후관리 중입니다. 추후 아동보호전문기관에서 사후관리 중 성학대 의심 정황이 확인되면 재조사가 이뤄질 예정입니다.

성학대는 피해아동과 가해자의 진술이 다르더라도 상흔이나 의사소견 등의 객관적인 증거가 확보되면 피해아동의 진술을 토대로 성학대로 바로 판단할 수 있습니다. 하지만 혜진이의 사례처럼 증거가 없고 피해자와 가해자의 진술이 일치하지 않으면 성학대 판단이 보류될 수 있습니다.

이 사례를 통해 내 아이라고 내 마음대로 해서는 안 되며, 아이를 독립된 인격체로서 존중해야 한다고 생각하였습니다. 또한 학대는 대물림되므로 아동학대가 근절될 수 있도록 우리 모두 적극적으로 노력해야겠습니다.

특히나 성학대로 생긴 트라우마는 아이에게 평생 지워지지 않을 것입니다. 혜진이 아버지가 아이에게 성적 수치심을 줬음에도 불구하고 거짓 진술을 했다면, 이 아버지는 아이에게 절대 용서받지 못할 것입니다. 처음 신고 내용을 들었을 때는 비행 청소년 문제로만 생각했습니다. 하지만 혜진이와 어머님의 이야기를 들어보니 혜진이가 가출하고 싶은 환경을 아버님이 만들었다는 생각이 들었습니다.

3장. 내가 그런 게 아니고 애가 좋아했어!

일반적으로 성학대, 성추행이라고 하면 당연히 아이의 관점에서 안타까워하고 아이가 잘못된 것은 아닌지, 신체적으로 상처를 입었거나 심리적으로 트라우마를 갖게 되는 것은 아닌지 걱정을 하곤 합니다.

그런데 가해자가 얘기합니다.
"내가 일방적으로 그런 것이 아니고 애가 좋아했어요."
대체 무슨 말인지 이해가 되나요?

친모, 아이, 계부로 이루어진 3인 가정이고, 피해아동은 고등학교 1학년 여학생 김소영입니다.

어느 날 아이가 112에 전화를 했습니다.
부모님이 이혼해서 현재 본인은 엄마와 살고 있는데 이제부터 엄마와 살고 싶지 않다고요. 성학대가 의심된다는 내용이었습니다.

소영이가 신고했던 당일, 소영이는 해바라기센터에서 성학대 의심 피해와 관련된 진술을 하고 담임교사의 도움을 받아 친아버지의 집으로 갔습니다.

경찰에게 연락을 받은 저는 연락을 받자마자 아이를 만나러 갔으며 아이는 당시에 친아버지 집으로 가 있는 상태여서 다행이라는 생각을 했습니다.

"소영아~ 선생님이 어제 소영이에게 무슨 일이 있었다고 들었는데 이야기를 해줄 수 있어?"

"새아빠가 너무 싫어요. 제가 조금만 실수해도 소리 지르고 욕을 해요. 새아빠가 저를 힘들게 하니까 새아빠와 같이 사는 것이 싫고, 제가 어른이 될 때까지 같이 지내는 것이 자신이 없다고 엄마한테 얘기했어요. 그런데 엄마는 그냥 모른 척해요."

시험을 치고 오면 쉬운 것을 왜 틀렸냐며 소리를 지르고, 시험지를 찢어서 얼굴에 던진 적도 있다고 했습니다. 심지어 인사를 잘 안 한다고 등을 몇 차례 맞은 적도 있다고 했습니다.

"혹시 소영이가 새아빠하고 같이 지내고 싶지 않은 다른 이유는 없니?"

"새아빠가 저는 살이 쪄서 예쁘고 좋은 옷을 사줘도 맞지도 않고, 어울리지도 않다고 했어요. 그리고 여자가 살이 그렇게 쪄서 남자애들이 너를 좋아하겠냐고 하더라고요."

"그래? 또 다른 것은?"

"그것도 있고요, 제가 교복이나 외출복을 입을 때 자주 그런 말씀을 하시고요. 뒤에서 새아빠가 저를 안은 적도 있는데 저는 조금 불편했어요."

"뒤에서 안으셨다고?"

"네. 뒤에서 안았는데 새아빠 손이 제 가슴에 닿아서 힘들었어요."

"아! 이야기하기 힘들겠구나. 이런 이야기를 어머님께 진지하게 해본 적 있니?"

"엄마한테 이야기했는데 엄마는 별것 아니라고 하셨어요. 아빠가 너를 좋아해서 그런 거라고. '운동해서 살 빼라고 충고해준 거고, 뒤에서 안은 것은 네가 예뻐서 그런 거다, 그리고 안아주다 보면 의도치 않게 가슴에 손이 얹어질 수도 있다. 너 말이 정말로 성희롱이라든가 성추행에 해당한다고 하면 엄마도 가만히 있지 않을 것이다, 그런데 너의 얘기로는 네가 오해하고 있는 것 같다'라고 말했어요."

"소영아, 잘 알겠고 선생님이 엄마, 새아빠와 구체적으로 어떤 일이었는지 조금 더 이야기해볼게."라고 하고 이야기를 마무리 지었습니다.

이어서 어머님을 만나서 소영이의 일에 관해 물어봤습니다.
어머님은 소영이가 새아버님과 지내면서 친부에게 느끼지 못했던 따뜻한 감정을 느끼면서 잘 지냈다고 했습니다. 그런데 소영이가 고등학교 진학 후 갑자기 사춘기가 왔다고 했습니다. 거기서 이상한 친구들과 어울리더니 수업 시간에도 만화책과 성인잡지를 보고, 공부에는 전혀 관심이 없어졌다는 것이었습니다.

어느 날은 소영이가 밤에 나갔다가 집에 온 후, 새아버님이 뒤에서 본인을 안았는데 새아버님의 손이 가슴에 닿았다고 이야기를 한 적이 있었다고 했습니다. 그래서 새아버님에게 가서 이야기하니 새아버님은 그런 적 없다, 만약 그런 일을 했다면 경찰에서 조사받고 교도소에 들어갈 테니 한번 조사해보라고 했다는 겁니다. 그러면서 필요하면 내가 경찰서에 신고할 것이고 스스로 조사를 받겠다고 이야기했다고 했습니다. 소영이는 얼마 전부터 어머님에게 "집 나갈게, 나가고 싶어, 새아빠와 사는 것이 싫다"라고 말했다고 했습니다. 사실 소영이는 거짓말을 자주 해서 소영이의 말이 사실인지 아닌지도 정확하지 않다고 이야기했습니다. 그리고 오히려 소영이가 새아버님에게 "엄마하고 같이 밤에 자면 좋아?"라는 질문을 했다고도 했습니다.

어머님은 새아버님을 두둔하며, 아이의 마음을 얻기 위해 노력하고 최선을 다하는 사람을 성추행범으로 보지 말아 달라고 당부하셨습니다.

이어서 새아버님을 만나 소영이와 관련된 이야기를 나누었습니다.

아버님은 본인이 아동학대의 가해자로 신고 당했다는 사실에 너무 어이없어하며, 모함이라며 조사를 완강히 거부하셨으나 여러 번의 설득 끝에 조사를 진행할 수 있었습니다.

소영이에게 외모 지적을 했던 사실은 인정하셨습니다. 고등학생이면 자기관리를 해야 할 시기이고, 요즘 외모 경쟁력이 얼마나 중요한지 모르냐며 아이를 위해 조언을 할 것이라고 설명하셨습니다.

하지만 신체적 접촉에 관해서는 강경한 태도를 보이셨습니다.

"접촉 자체를 안 했습니다. 뭘 접촉이라고 하시는 겁니까? 격려할 때 한번 안아준 것밖에 없어요. 오해할까 봐, 또 아이 엄마가 그런 이야기를 하기에 사실대로 이야기해 주었습니다. 그리고 제가 뒤에서 안아주면 소영이도 좋아해요."

"어쨌든 아이가 웃음을 보이거나 좋아하는 모습처럼 보인다고 해서 아이에 대한 신체적 접촉이 아이가 좋다고 한 것으로 볼 수는 없습니다. 그 부분을 잘 아셨으면 좋겠고요. 시험성적에 대해 혼내시고 시험지를 아이 얼굴에 던진 적이 있다고 하셨는데 그 부분도 사실일까요?"

"네. 그런 것까지 이야기해야 하나요? 시험만 치면 시험지가 장마입니다. 어떻게 그런 것도 틀릴 수 있는지 모르겠어요. 제가 참다 참다가 너무 안 되겠다 싶어 시험지를 집어던졌습니다. 앞으로는 제가 시험성적, 학업성취도에 대해 아무 말도 하지 않겠습니다. 약속하겠습니다. 시험성적에 관해 이야기하면 저만 답답해요."

새아버님은 저조한 시험성적으로 시험지를 던지고, 외모에 관해 얘기했던 부분들에 대해 인정을 하셨습니다. 그러나 아이를 안아준 것에 대해서는 소영이와 어머님, 새아버님의 진술이 달랐습니다. 아이는 수치심을 느꼈다고 했는데 어머님, 새아버님은 전혀 수치심을 준 적이 없다고 말씀을 하셨죠. 하지만 아이를 안아줘서 아이들이 웃는 것처럼 보였다고 하더라도 좋아했다고는 볼 수는 없죠. 새아버님께 잘 말씀드리고 조사를 마무리하였고, 현재 이 아동은 새아버님, 어머님 집이 아닌 다른 지역에 있는 친아버지의 집에서 생활하고 있으며 아동보호전문기관에서 심리 상담을 받으며 생활하고 있습니다.

4장. 계부의 협박으로…

이번 장에서는 현재 경찰에서 수사 중인 사건에 관해 이야기해보고자 합니다. 범죄영화에서나 볼 수 있을 법한 이야기를 현실에서 맞닥뜨리게 될 줄은 몰랐습니다.

경찰서에서 동행 요청을 하였습니다.

성폭력상담소에서 연락이 왔는데 심각한 사안 같아 보인다고 했습니다. 이에 저는 피해아동과 상담사를 만나기 위해 경찰관과 함께 성폭력상담소로 이동했습니다.

성폭력상담소에는 피해아동, 피해아동과 라포18)가 형성되어 있는 상담사, 상담소장님이 계셨고, 눈물을 흘리며 힘들어하는 아이에 적절한 개입 방향에 대해 논의하

---

18) 사람과 사람 사이에서 상호 이해와 공감을 통해 형성되는 신뢰 관계 또는 유대감을 뜻하는 용어로 심리학에서 자주 쓰임

고 있었습니다.

성폭력 상담사가 말하기를 아이는 이전부터 성폭행, 성추행을 당하고 있었다고 했습니다. 과거에는 계부에게 당해왔던 것이 너무 치욕스러워서 계속 참고 있었는데, 혼자서 계속 견디기에는 너무 힘들어서 이제야 도움을 요청한 것 같다고 했습니다. 아이는 '계부와 친모를 보지 않고 살아도 된다, 아동복지시설에 가서 살고 싶다, 계부의 처벌을 원한다.'고 했다고 하였습니다. 상담사의 말을 듣고 아이와 이야기를 해보고 싶었으나 계속 눈물을 흘리며 많이 힘들어하였습니다. 그동안 혼자서 견디느라 얼마나 마음고생이 심했을지 느껴져 마음이 매우 무거웠습니다. 상담사는 장시간 아이를 진정시킨 후 아이가 계부에게 당했었던 일들을 진술하도록 조심스레 유도하였습니다.

아이의 이름은 성영아, 나이는 만 16세. 친모와 계부로 구성된 3인 가정이며, 어머님은 만 50세, 계부는 만 44세였습니다. 아이는 "악마가 나를 덮쳤다"는 말로 대화를 시작했습니다.

영아가 중학생이던 약 2년 전부터 계부와 함께 살게

되었는데, 얼마 지나지 않아 계부가 본인을 성폭행했다고 했습니다. 너무 무섭고 힘든 마음에 친모에게 성폭행당한 사실을 이야기하였으나 도리어 혼만 났다고 했습니다. 계부가 영아를 친딸처럼 생각하고 잘 지내려고 노력하는데 성폭행범으로 몰아가지 말라며 다그쳤다고 했습니다.

친모를 통해 이 이야기를 들은 계부는 영아에게 와서 온갖 욕설과 질책을 하고 따귀를 때리는 등의 만행을 저질렀다고 했습니다. 따귀를 때리자마자 머리채를 잡고는 앞으로 엄마에게 얘기하지 말라며, 또 이런 일이 있으면 가만두지 않겠다며 협박한 적도 있다고 했습니다. 그때를 생각하면 아직도 오금이 저리다고 했습니다. 이어지는 계부의 성폭행과 성추행에 용기를 내어 경찰에 신고했다고 했습니다. 그러나 당시 친모가 영아에게 아무 일이 없었다고 진술하라고 강요하여, 경찰조사 당시 거짓 진술을 했다고 했습니다.

결국 계부는 무혐의로 풀려나 지금까지 같이 살게 되었다고 했습니다. 계부는 영아에게 성관계에 응하지 않으면 친모와 오빠를 괴롭힐 것이고, 경제적으로 지원해주지 않겠다며 협박을 했다고 했습니다. 이에 본인의 의사와는 상관없이 계부가 원하면 언제 어디서든 성관계를 당해야만 했다고 했습니다. 오빠가 그나마 보호막이 되어 주었기에 오빠는 지켜야겠다는 생각에 계부의 성폭행을 참고 견뎠다고 했습니다. 그러나 올해 오빠가 성인이 되어 다른 지역으로 갔고, 본인의 보호막도 없고 협박을 참을 이유가 없어졌으므로 다시 용기를 내 상담소를 찾아 이야기를 털어놓았다고 했습니다.

성폭행 외에도 계부는 오빠와 본인이 식사 후 정리를 하지 않으면 핸드폰 모서리로 머리를 때리고, 말대꾸를 하면 멱살을 잡는 등의 행동도 서슴지 않았다고 했습니다. 또한 친모에게도 폭력을 일삼아 오빠와 본인은 항상 두려움에 떨며 살았다고 했습니다.

영아의 진술을 토대로 저와 경찰관은 영아를 아동복지시설로 보내는 보호조치를 하자는 같은 의견을 내었습니다. 우선 영아를 아동복지시설에 입소시키고, 영아는 성폭행과 관련된 상세한 진술을 해바라기센터에서 했습니다. 경찰에서 계부와 친모를 소환하여 조사할 예정이며, 영아는 아동복지시설에 장기적으로 거주하며 심리적으로 안정을 취하며 보호받을 예정입니다. 경찰 수사가 끝나려면 시간이 걸리겠지만 아동은 피해아동으로 선 조치하여 아동보호전문기관의 심리검사·치료를 연계하였습니다.

영아가 심리적으로 안정을 취하려면 많은 시간이 필요할 것 같습니다. 장기간 성폭행 피해를 봐왔으며 피해의 정도가 심각했기 때문에 걱정이 됩니다. 아무쪼록 사건의 진상이 명백히 밝혀지고 영아에게 피해를 준 사람들은 응당한 대가를 치르기를 바랍니다.

이상으로 성학대와 관련된 사례들을 살펴보았습니다. 성학대로 트라우마를 겪고 우울증이 생긴 아동들을 보면 매우 안타깝다는 생각이 듭니다. 혹여 성인이 되어 잘못된 길로 가게 되는 것은 아닐지 또는 어른들에게 색안경을 끼고 바라보지는 않을지 염려됩니다. 아동에 대한 성폭행은 아동에게 돌이킬 수 없는 수치심과 부정적인 감정을 유발하게 합니다. 영혼을 앗아가는 성폭행은 결코 일어나서는 안 될 것입니다.

제**5**부 방임학대

아이를 때리는 것도 아니고, 아이에게 소리를 지르는 것도 아니고, 내가 누구를 때리는 것을 아이가 본 것도 아니고, 성적으로 착취하거나 거부적인 말을 한 것도 아닌데 아동학대가 될 만한 사례가 있을까요?

네. 있습니다.

"방임, 유기"라는 단어를 많이 들어보셨을 텐데 이것도 아동학대에 해당합니다. 아동을 때리거나 아동에게 욕설하지 않았지만, 아동이 위험할 만한 상황에 그대로 두는 방임·유기 역시 아동학대에 해당합니다.

방임학대의 종류에는 집안을 불결한 환경에 두거나 의식주를 제공하지 않는 등의 물리적 방임, 의료적 처치를 받게 하지 않는 등의 의료적 방임, 학교에 보내지 않는 등의 교육적 방임, 가출 아동을 찾지 않음, 출생신고 하지 않음, 유기 등이 있습니다. 방임·유기를 했던 사례 중에 어떤 것이 있었는지 알아보겠습니다.

1장. 왜 내가 방임을 했다고 하시는 거죠?

　요즘은 요보호아동을 조기 발견하기 위한 'e아동행복지원시스템19)'이 있습니다. 보건복지부에서 빅데이터로 위기 아동의 명단을 추출해서 각 지방자치단체로 보내고, 지방자치단체에서는 읍면동에 있는 아동복지담당자들에게 아동의 명단을 전달합니다. 이후 읍면동 아동복지담당자는 해당 가정에 방문하여 가정환경 및 아동의 상태를 살펴보며 아동학대의 정황이나 요보호아동 여부를 확인합니다.

　어느 날이었습니다.
　○○동의 아동복지담당 공무원이 e아동행복지원시스템 명단에 있는 한 아동의 가정을 방문했는데, 환경이 너무

---

19) 보건복지부에서 건강보험료, 국민연금, 전기세 체납 여부 등을 빅데이터로 추출하여 요보호아동을 조기에 발견하고 대응하기 위한 시스템

불결하여 아동을 양육할 수 있는 가정인지 너무나 의심이 된다며 아동보호팀에 신고하였습니다.

그 아동이 지역아동센터를 다닌다고 하여 먼저 지역아동센터를 찾아가 아이들을 조사하고, 이후 아이들 가정에 가서 부모님들을 조사하였습니다.

해당 가정은 장애인 부모와 남매로 구성된 4인 가정인데, 첫째 아동은 초등학교 4학년 남학생 최경철, 둘째 아동은 초등학교 3학년 여학생 최슬기였습니다.

경철이는 머리를 감지 않은 것 같았고, 옷도 매우 지저분해 보였습니다. 그리고 잠에서 갓 깬 듯한 상태였고 머리를 계속 긁고 있었습니다.

혹시 부모님이 너희들을 아프게 했는지 물어보니 그런 적은 없다고 했습니다. 또 부모님들이 옷을 잘 챙겨주는지, 식사는 잘 챙겨주는지 물었는데 이에 대해 바로 답을 하지는 않았습니다. 그러나 경철이는 워낙 활달하고 말을 잘하는 아이라서 본인이 말을 이어갔습니다. 평소 등교 준비는 본인이 스스로 하는데 동생까지 다 챙겨야 해서 너무 힘들다고 했습니다.

아버님은 술을 드시러 자주 나가시는데 거의 새벽쯤 귀가하시기 때문에 대화할 기회가 많이 없다고 했습니다.

그리고 어머님은 아침에도 계속 주무시고 계셔서 경철이가 밥을 차리고 학교에 갈 준비를 다 한다고 했습니다.

"경철이, 네가 아침에 학교 갈 준비를 하고, 동생까지 챙기려면 밥 먹을 시간은 있어?"

"뭐 아침 식사는 바쁘면 안 먹거나 간단히 그냥 우유를 마셔요."

점심 식사는 학교에서, 저녁 식사는 지역아동센터에서 한다고 했습니다. 가끔 저녁 식사를 집에서 할 때는 부모님이 가끔 챙겨주시지만 주로 배달 음식을 주문해준다고 했습니다.

"그렇구나. 그런데 경철이가 엄마, 아빠가 그렇게 안 챙겨주면 화가 날 법도 한데 다른 불만 사항이나 힘든 점은 없어?"라고 하니 부모님이 본인과 동생을 잘 안 챙겨줘서 가끔 화가 난다고 했습니다.

그리고 경철이는 최근에 발에 티눈이 났는데 스스로 뺐다고 이야기를 했습니다. 합기도장에 다니다가 너무 힘들어서 부모님에게 그만 다니고 싶다고 말했는데 교육비 지원을 받는 것이라며 무조건 다니라고 했답니다. 또 합기도를 하다가 허리가 아프니 병원에 가야 할 것 같다고 말씀드렸지만, 부모님은 무시했다고 했습니다.

그 후에는 부모님께 말을 하지 않았고, 학교에서 하는 'e학습터[20]'를 이용하려고 컴퓨터를 2대 샀는데, 부모님이 컴퓨터를 침실에 설치하고 온종일 게임을 한다고 했습니다. 배고프다고 얘기하면 엄마가 배달 음식을 시켜 주고 다시 게임을 하러 간다고 했습니다.

"제가 어렸을 때부터 부모님은 계속 게임을 하셨어요. 근데 엄마, 아빠가 게임을 너무 많이 해서 속이 너무 답답해요."

또 얼마 전에는 부모님이 서로 싸우셨다고 했습니다. 부모님이 일주일에 한 번은 싸우시는데 너무 무서워서 말리지도 못한다고 했습니다. 얼마 전에는 어머님이 아

---

20) 시, 도 교육청 운영 온라인 학습 서비스

버님에게 냄비를 던졌고, 아버님은 어머님에게 책을 던졌다고 했습니다. 아이들이 직접 맞은 적은 없지만, 부모님이 부부싸움을 할 때마다 굉장히 무섭다고 이야기했습니다. 심각한 상황이라고 생각해서 다시 한 번 물어봤습니다.

"그러면 우리 경철이가 부모님하고 떨어져서 시설에서 생활하고 싶은 마음은 있어?"라고 물으니, 경철이는 10점 만점에 10점 정도로 집이 좋다고 이야기를 했습니다. 예전에 아동복지시설에서 지낸 적이 있는데, 거기서 왕따를 당해서 너무 힘들었고 부모님들께서 조금만 신경을 써주시면 괜찮다고 이야기를 하는 것입니다. 여기까지 경철이와의 대화를 마무리하고 둘째 슬기를 만나보았습니다.

둘째 슬기는 부모님이 슬기를 아프게 한 적 있냐는 질문에 '없었다'라고 단답형으로 말했습니다. 보통은 아침 8시에 일어나서 밥을 먹고 학교 갈 준비를 한다고 했습니다. 등교 준비와 아침 식사 준비도 어머님이 다 챙겨준다고 했습니다. 오후 1~2시쯤 하교해서 저녁까지 지역아동센터에 있다고 했습니다. 귀가하면 부모님 중 한 분은 꼭 계시고, 슬기가 아플 때 어머님에게 이야기하면 병원에 잘 데려다주신다고 했습니다. 부모님이 매일 설거지, 청소를 해서 집이 깨끗하다고 했습니다. 그래서 슬기는 집에서 지내는 것이 너무 좋다고 했습니다.

아이들과의 면담을 종료했습니다.

생각해보니 경철이와 슬기는 과거에 아동복지시설에 분리되어 생활한 적 있어서인지 저의 질문을 잘 알고 정형화된 답변을 하는 듯한 태도가 느껴졌습니다. 남매의 이야기가 다르고, 슬기의 말은 신빙성이 떨어진다는 생각이 들어 지역아동센터장님과 이야기를 했습니다.

센터장님은 아이들 부모님에 대한 고발과 신고보다는 지역사회자원 연계가 선행되어야 한다고 말씀하셨습니다. 장기적으로 봤을 때 부모님에 대한 교육이 필요하다고 했습니다. 센터장님이 어머님께 아이들에 대한 문제의식과 심각성에 관해 이야기하면 어머님은 대성통곡을 하지만 변화된 모습을 보이지는 않는다고 했습니다. 최근에는 경철이와 슬기가 공부를 잘 하지 않고, 센터 내 분위기를 흩트려서 퇴소시킬 수도 있다고 했습니다.

예전에 아동학대로 신고되어 사후관리를 받을 때 아동보호전문기관 상담원이 경철이네 집에 다녀가면 "상담원 선생님들이 저희를 감시해요. 엄마, 아빠가 저희를 때리는지 감시해야 하는 거죠."라고 이야기를 한다고 했습니다.

또한, 부모님의 자존감이 매우 낮아 움직이는 것을 굉장히 귀찮아하므로 아이들을 잘 양육할 수 있는지 의심이 된다고 하셨습니다.

얼마 전에는 경철이가 놀다가 바지가 찢어졌는데, 팬티를 입지 않아 속이 보였다고 했습니다. 센터장님은 경철이에게 옷을 갈아입고 오라고 했는데 경철이는 옷이 없다며 결국 바지를 갈아입지 않았고 벽에 기대어 다리만 꼬고 있었다고 했습니다. 경철이가 부끄러움이 없는 것 같고, 발에 무좀과 습진이 있고, 겨울에도 양말을 신지 않아 발바닥이 검고, 세수도 안 하고 머리를 잘 감지 않는다고 했습니다. 눈을 비비면서 "씻고 올게요."라고 하나 씻고 오지도 않는다고 했습니다.

슬기는 최근에 무좀약을 갖고 와서 지역아동센터 선생님에게 발라달라고 한 적이 있다고 했습니다. 슬기는 오빠 경철이와 같이 발톱에 무좀이 생겨서 병원에서 약을 받아왔는데, 엄마가 센터 선생님에게 부탁하라고 했다는 것입니다. 그래서 센터장님은 학대신고 차원을 넘어 지역사회에서 이 가정에 개입하면 좋겠으며, 특히 부모님에게 양육 방법과 청소하는 방법을 알려주면 좋겠다고 말하였습니다.

이어서 바로 아이들 집에 갔습니다. 아이들 집에 갔을 때 깜짝 놀란 것이 신발장부터 너무나 어질러져 있었던 점입니다. 바퀴벌레 소굴이라고 해도 전혀 이상하지 않을 만큼의 더러운 광경을 목격했습니다. 집안에는 쓰레기들이 여기저기 흩어져 있고, 베란다에 옷들이 즐비하게 널브러져 있었습니다.

부모님과 이야기하기 위해 앉으려고 했는데 앉는 것이 싫었습니다. 왜냐하면 너무나 더러웠고 집에 들어가면서 제 양말에 무언가 끈적끈적한 것이 달라붙는 듯한 느낌이 들었기 때문이었습니다. 집 안이 깨끗하지는 않았지만, 이야기하기 위해 앉는 곳만이라도 잠깐 정리하여 이야기를 나누었습니다.

경철이에 관해서는 아이와 함께 최근에 병원에 갔고 본인들이 신경을 많이 쓰고 있다고 이야기했습니다.

병원에 데려가서 경철이와 슬기의 무좀약을 받아왔으나 본인들의 몸이 불편해서 많이 챙겨주지 못해 많이 미안하다고 생각하고 있다고 말했습니다. 두 분 다 심한 장애는 아니어서 일상생활에 크게 지장이 있는 편은 아니었습니다. 식사는 아이들이 좋아하는 과일과 우유를 준비해준다고 했습니다. 최근 1년 동안 아이들이 시설에 분리되어 있어서 아이들을 잘 챙겨주지 못해 미안하다며 눈물을 보였습니다.

부부싸움을 자주 하는지를 물었을 때, 부부싸움은 주 2~3회 정도 과격하게 하는 편인데, 앞으로는 아이들 보는 앞에서는 부부싸움을 하지 않겠다고 약속했습니다.

아버님과 더 이야기를 나누어 보았습니다. 슬기는 아동복지시설 퇴소 후 불안할 때마다 손톱을 물어뜯고 다리를 긁는 행동을 하는데 손톱에 무좀 생긴 부위에 주기적으로 약을 발라주고 손톱을 다듬어 준다고 했습니다.

또 아이들이 학교와 지역아동센터에서 공부하고 오기 때문에 공부에 신경을 쓰지 않는다고 했습니다. 예전에는 아이들한테 신경을 쓰는 편이었는데 아이들이 오히려 삐딱해지는 것 같아 너무 관여하지는 않는다고 했습니다. 아이들의 청결 상태와 관련된 질문을 하니 아버님은 아무리 얘기해도 경철이가 옷을 안 갈아입고, 운동화를 사줘도 본인이 슬리퍼를 신고 등교하고 싶어 한다고 했습니다. 배달 음식은 주 2~3회 정도 시키고 아이들이 좋아하기 때문에 그렇게 한다고 했습니다. 아이들한테 고함을 치는 것은 자주 하지는 않지만, 앞으로는 그러지 않겠다고 했습니다. 경철이가 합기도학원을 허리가 아파서 그만두고 싶어 하는데, 교육비 지원 때문에 계속 다니게 하는 것에 대해 부모님은 아이들이 학원에 다니기를 원하고 단순한 꾀병이라고 생각해서 그랬다고 이야기를 했습니다.

저는 부모님께 아이들의 말에 좀 더 귀를 기울이고, 부부싸움을 보이는 것도 아동학대이므로 조심해달라고 말씀드렸습니다. 이에 부모님은 다 고치겠다고 이야기하며 한 번 더 기회를 달라고 눈물을 보이셨습니다. 하지만 아동학대가 확실하므로 아동보호전문기관에서 다시 개입할 것이며, 필요하면 다시 아동복지시설로 보호조치가 될 수 있다고 말했습니다.

자체사례회의에서 이 가정은 방임학대가 있는 것으로 판단하고 부모교육, 양육기술훈련, 청소 교육, 인터넷 중독 예방 교육을 연계하기로 했습니다. 아이 부모님은 아이들이 시설로 보호조치 되는 것이 두려웠는지 시청에 찾아와서 한 번 더 기회를 줄 것을 호소하였고, 아이들 또한 시설에 가는 것을 원치 않는 점을 반영하여 추후 학대 신고가 또 들어오면 시설 보호조치 될 수 있음을 안내하였습니다.

현재는 아동보호전문기관 상담원들이 주기적으로 방문하고 있으며, 사후관리가 처음에는 잘되지 않는 편이었으나 몇 차례 경고 끝에 지금은 매우 잘 되는 편이라고 합니다. 이 사례의 경우 물리적 방임에 해당하며, 아이들의 말처럼 병원에 잘 보내지 않았다면 의료적 방임에 해당한다고 볼 수 있겠습니다.

2장. 저는 잘 몰라요

　한번은 **동행정복지센터에서 가정위탁 신청이 있었고, 아동의 가정환경 상태를 확인하고 가정위탁 필요 여부를 판단하기 위해서 아동보호전담요원과 **동 아동복지담당 공무원이 가정위탁 신청을 한 가정에 방문하였습니다. 가정방문 결과, 아이의 엄마는 아이를 외할머님에게 맡기고 가출을 하여 연락이 불가한 상태였습니다. 가정방문을 했던 두 분은 논의 끝에 친모에 의한 방임이 의심되어서 아동학대로 신고하였습니다.

　이에 저는 아이가 다니는 유치원에 가서 아이를 먼저 보고, 외할머님과 어머님(추후 연락이 됨)을 차례대로 만나 보았습니다.
　아이는 남정훈이라는 만 5세 남아로, 제가 질문을 하면 답을 하려는 것처럼 보였지만 이내 다른 말을 하고 장난감을 가져와 놓고 산만해 보였습니다. 체격은 또래에 비해 작은 편이었는데 대답을 잘하지 못하고 계속 산만한 모습을 보여서 조사를 진행하기가 어려웠습니다.

그래서 유치원 원장선생님과 면담을 하였습니다. 정훈이와 부모님에 대해 알고 있는 것을 말씀해달라고 부탁을 드렸습니다. 어머님이 아이를 돌보았을 때는 옷, 기저귀 등이 지저분했는데 주 양육자가 외할머님으로 바뀌고 나서는 많이 좋아졌다고 했습니다. 어머님은 양육에 관심이 없는 듯하고, 아이에게 식사를 잘 챙겨주지 않는 것 같다고 했습니다.

정훈이는 늘 불안해 보이고, 산만하고, 언어발달은 느린 편이라고 했습니다. 문장을 읽고 이야기를 하는데 2, 3마디 정도 하며 인지는 다행히 되는 편이지만, 규칙을 잘 지키지 않아 유치원 생활에 어려움이 있다고 했습니다.

정훈이 아버님에 대해서는 잘 모른다고 하였습니다. 정훈이 부모님이 이혼 후에 정훈이가 유치원에 다녔기 때문에 아버님 얼굴은 한 번도 본 적이 없고, 어머님과 연락을 주기적으로 했으나 가끔 안 될 때도 있다고 했습니다. 정훈이 어머님은 양육에 어려움을 느끼고 있었다는 것이며 여러 가지 아르바이트를 하셨던 것 같은데 금방 그만두시고 연락이 되지 않는 것 같다고 이야기를 하셨습니다. 외할머님은 직장인인데 정훈이의 양육까지 도맡으셔서 많이 힘들어 보인다고 했습니다.

조사에 협조해주셔서 감사하다고 말씀을 드리고 정훈이 외할머님을 면담하러 갔습니다.

외할머님과는 자택에서 면담하였고, 정훈이를 유치원에 보낸 시점부터 이야기했습니다.

어머님은 집이 더러워도 청소를 하지 않고 신경을 전혀 쓰지 않는다고 했습니다. 집안에 쓰레기가 항상 방치되어 있었고 악취가 끊이지 않아 몇 번씩 청소하라고 얘기했지만, 행동은 고쳐지지 않았다고 했습니다. 그러면서 외할머님은 저에게 쓰레기봉투들이 즐비하고, 먹고 남은 배달 음식 용기들과 옷들이 너저분하게 바닥에 널려 있는 모습이 담긴 사진을 보여주셨습니다.

외할머님이 어머님과 아이와 셋이서 함께 살 때, 정훈이 엄마가 정훈이를 데리고 나가 한참 있다가 돌아온 적이 있다고 했습니다. 외할머님이 어머님에게 물어보니 아이를 혼내주러 나갔고, 정훈이가 어머님에게 말을 잘 듣겠다고 하여 다시 데려온 것 같다고 하였습니다.

어머님은 밤새 컴퓨터 게임을 하고 조모인 본인이 출

근할 때까지 게임을 하다가 자느라 아이를 돌보지 않았다고 했습니다. 유치원 등·하원도 잊어버리는 경우가 많았고, 감기와 폐렴으로 입원을 해도 크게 신경을 쓰지 않았다고 했습니다.

어머님은 현재 가출을 한 상태라고 했습니다. 최근 경찰에 가출 신고를 했더니 집으로 연락이 와서 가출 신고는 취하했다고 했습니다. 가출 사유는 정확히 알 수 없으나 주로 노래방을 다니고 밤새 채팅과 게임을 하며 지내는 것 같다고 했습니다. 어머님은 학창 시절부터 가출을 자주 했는데, 아이를 이렇게 둔 상태에서 가출하니 걱정이 많이 된다고 하였습니다.

어머님의 연락처를 받아서 몇 차례 연락을 시도해보았지만 잘되지 않았습니다. 모르는 번호를 많이 경계하는 듯했습니다. 외할머님의 도움으로 어렵게 연락이 닿았고, 정훈이의 양육 문제로 이야기를 시도했습니다.

어머님의 목소리에는 힘이 없었습니다. 가출 이유는 딱히 없고, 현재는 강원도에 있다고 했습니다. 정훈이 양육에 어려움이 있냐는 질문에 아이 양육은 외할머님이 전부 했기 때문에 본인은 아무것도 모르고, 집안일도 하기 싫으며, 정훈이를 키우는 것 자체가 싫다고 했습니다. 정훈이에 관한 것은 외할머님에게 전부 물어보면 된다며 대화를 계속 중단하고자 하셨습니다.

모든 조사과정을 마치고 이 사례는 어머님의 물리적 방임으로 판단을 했습니다.

어머님은 학대행위자로 아동보호전문기관에서 일정 교육을 이수해야 하나 매번 다른 지역으로 다니기에 사후관리가 어렵다고 생각했습니다. 하지만 어머님께 전화하여 본인에게 필요한 교육을 이수해야 하며 아이 양육에 필요한 사후관리를 위해 아동보호전문기관에 방문해야 할 수 있음을 안내하였습니다. 아이는 친인척 가정위탁을 진행 중이며, 외할머님께는 어느 정도 양육 공백을 메울 수 있는 대안으로 아이돌봄서비스21)를 신청해 볼 것을 권유해 드렸습니다.

내가 낳은 아이인데 나는 잘 모른다고 하는 것, 아이와 관련한 모든 것을 외할머님에게 책임 전가하는 것, 아이 양육에 관해 회피하는 자세로 일관하는 것 이것 역시 아동학대(방임)에 해당한다고 볼 수 있습니다.

---

21) 부모의 맞벌이 등으로 양육공백이 발생한 가정의 만 12세 이하 아동을 대상으로 아이돌보미가 찾아가는 돌봄 서비스 소득에 따라 본인부담금이 있을 수 있음

3장. 출생신고 안 했는데요?

　　**동행정복지센터　사회복지담당공무원이　전화　문의를 하였습니다.

　"출생신고를　하지　않은　것도　아동학대로　신고해야　하나요?"

　'어? 이것도 아동학대로 볼 수 있을 것 같은데?'

　정확한　판단을　위해　아동학대　대응　업무　매뉴얼과　아동학대　사건　판례를　찾아보았습니다.　매뉴얼에서　출생신고를　하지　않은　것을　방임학대로　명시한　것을　확인하였고,　출생신고를　하지　않은　것은　아동의　기본적인　권리를　받지　못하게　한　방임행위로　판단하여　형을　집행한　판례도　확인하였습니다.

　**동행정복지센터　담당공무원에게　전화해서　아동학대

로 신고접수 하겠다고 하였고, 어떤 경로로 아동이 출생신고가 되지 않은 것을 알게 되었는지 물어보았습니다.

복지사각지대를 발굴하고 서비스를 연계 및 지원해주려고 한 가정을 방문하였는데, 5~6개월 정도 된 아기를 안고 있는 여성이 있었다고 했습니다. 담당공무원은 그 가정에 도움을 주기 위해 내부행정시스템으로 확인하였는데, 어머님만 등록되어 있고 아기는 등록되어 있지 않은 것을 확인했습니다. 이상하다고 생각하여 어머님에게 전화해서 본인의 아이가 맞는지 문의하니 어머님은 본인의 아이가 맞는데 출생신고를 하지 않았다고 답변을 하였다고 했습니다. 담당공무원은 마지막으로 민원실에서 출생신고 여부를 확인하였고, 어머님의 말씀이 사실임을 확인하였습니다. 참고로 요즘은 아이가 태어나면 민원실에서 출생신고를 하고 복지부서 영유아보육 담당자에게 출산장려금(지자체마다 금액이 다름), 영아수당[22], 아동수당 등을 신청합니다.

가정방문을 갔던 사회복지담당공무원은 저에게 어머님이 5개월째 출생신고를 하지 않은 것을 알려주었고 저는

---

22) 2022년부터 만 0~1세 아동들에게 지급되는 제도로 현금과 바우처로 나뉨

어머님의 기본적인 인적 사항을 확인 후 어머님께 연락을 드렸습니다. 어머님에게 출생신고를 하지 않은 것은 방임 학대이며, 지속해서 출생신고를 하지 않으면 아동이 정당한 권리를 누리지 못한다고 말씀드렸습니다. 특히 신생아가 맞아야 할 기본적인 예방접종, 파상풍 주사, B형간염 접종 등을 받을 수 없으며 건강하게 생활하도록 하는 기본적인 권리조차 누리지 못할 것이라고 말씀드렸습니다. 또 출생신고를 해야 양육수당, 출산장려금 등의 금전적인 지원이 가능하며, 추후 아동이 어린이집이나 유치원에 입소할 때도 출생신고는 필수임을 강조하였습니다. 다시 한 번 출생신고를 해야 함을 안내하였고, 출생신고를 계속하지 않으면 법적 처분을 받을 수 있다고 말씀드렸습니다. 이에 어머님은 이해하시는 것 같았습니다.

그러나 어머님은 남편과의 친권, 양육권 다툼 문제, 이혼 문제, 재산분할 문제 등으로 출생신고를 미루고 있다고 하였습니다. 남편과 이혼 후 법원에서 친권, 양육권자가 결정되면 출생신고를 하겠다고 하셔서, 저는 아이의 출생신고가 우선이라고 말씀드렸습니다. 거듭하여 아동의 관점에서 안내하는 것임을 말씀드렸고, 출생신고를 계속하지 않으면 경찰에서 수사대상이 될 수 있음을 다시 한 번 설명해드렸습니다.

이튿날 어머님에게 전화해서 출생신고를 하였는지 확인하였습니다. 다행히 출생신고를 하였고, 본인의 주민등록등본에 아동을 등록해 놓았으며 이후 남편과 양육권 분쟁, 재산분할 등 법적 절차를 이어갈 것이라고 말씀하셨습니다.

어머님은 친권과 양육권을 갖고 싶다고 말씀하셨지만 아이를 양육할 여건이 되지 않는 것 같았습니다. 그래서 저는 어머님에게 **동 사회복지담당자를 찾아가서 상담을 받아볼 것을 권유하였고, 아이가 잘 자랄 수 있도록 제도권 내에서 지원을 받으실 것을 안내하며 해당 사례를 마무리하였습니다.

방임이라고 하면 일반적으로 '아이를 버리고 가는 것, 어디에 가두는 것' 등을 생각하는데, 출생신고를 하지 않은 것도 아동학대로 판단을 하고 있습니다. 아이의 기본적인 권리를 누릴 수 없게 한 것이기 때문입니다. 특히 출생신고를 장기간 하지 않으면 어린이집, 유치원, 학교 입학 등이 어려워지는 등 교육적 방임도 피할 수 없게 됩니다.

4장. 베이비박스에 유기된 아이

어렸을 적, 베이비박스[23])에 아이를 넣어두고 어디론가 사라진 부모들에 관한 다큐멘터리를 본 적이 있습니다. 그리고 해방 후의 시대를 배경으로 한 드라마에서 아이 엄마가 울면서 보자기에 싼 아이를 교회나 어느 집 앞에 두고 아이를 잘 키워달라는 편지 한 장만 남긴 채 어디론가 가버리는 장면을 본 적 있습니다. 드라마나 다큐멘터리에서 보았을 때는 이 장면을 방임과 연관 지어 생각하지 못했는데, 이 업무를 하면서 이와 같은 일을 마주하게 될 줄은 몰랐습니다.

어느 날 경찰에서 전화가 왔습니다.

신생아가 베이비박스에 유기되어서 그 아기를 병원에

---

23) 갓난아이를 넣어 두는 함. 길거리에 갓난아이가 함부로 버려지는 것을 막기 위하여 특정한 곳에 설치하여 몰래 아이를 놓고 가게 한다

데리고 가고 있다는 내용이었습니다. 그래서 저는 곧장 병원으로 갔습니다.

도착한 병원에는 경찰관과 교회 목사님이 저를 기다리고 계셨습니다. 유기된 신생아를 가장 먼저 발견한 분이 교회 목사님인 것을 확인하였고 경찰관의 말을 먼저 들어봤습니다.

경찰에 따르면 베이비박스에 아기가 들어오게 되면 알림음이 울리는데, 오늘 교회 목사님이 알림소리를 듣고 베이비박스에 아이가 유기된 것을 확인한 후 바로 경찰에 신고를 하였다고 했습니다. 발견된 신생아는 탯줄도 그대로 있는 상태였고, 기저귀와 배냇저고리도 없이 수건으로만 감싸 있었다고 했습니다. 교회와 인근지역의 CCTV를 확보해서 아기를 유기한 사람을 파악할 것이며, 유기자를 찾으면 저에게 연락을 주겠다고 하였습니다.

다음은 교회 목사님께 당시 상황에 관한 얘기를 들었습니다. 베이비박스 알림 소리를 듣고 바로 교회 CCTV를 봤는데 아기의 엄마로 추정되는 한 여성이 아기를 베이비박스에 두고 어디론가 갔다고 했습니다. 아기가 처음 발견됐을 때 평온하게 자는 상태였다고 했습니다. 아기가 베이비박스에 유기되어있는 것을 보자마자 경찰에 신고하였고, 교회로 출동한 경찰관이 119를 불러 교회 목사님은 구급차를 타고 신생아와 같이 병원에 왔다고 했습니다. 탯줄 상태를 보니 병원에서 분만하지는 않은 것 같았고, 탯줄의 길이가 긴 편이었다고 했습니다. 신생아 발견 당시, 담요에만 쌓여 있어 교회에서 갖고 있던 속싸개와 배냇저고리를 입혔다고 했습니다. 아기가 울지 않고 끙끙거리기만 했고 체온이 매우 낮은 것 같았다고 했습니다. 왠지 미숙아로 보이며 인큐베이터에 들어가야 할 것 같다고 했습니다.

아기는 종합병원 응급실에 입원했습니다. 이후 신생아들이 받는 기본적인 검사와 예방접종을 받았습니다. 아기는 인큐베이터에서 2주간 병원에 있어야 했습니다. 인큐베이터에서 퇴원할 수 있는 기준이 신생아 기준으로 몸무게 2.3kg 이상 되어야 하는데 이 아기는 2kg이 되지 않기 때문이었습니다. 그래서 몸무게가 어느 정도 될 때까지 병원에서 있어야 한다는 소견을 받고, 아기를 입원 처리하였습니다.

아기의 병원비 혜택을 위해 긴급의료비24)를 신청한

---

24) 갑작스러운 위기사유 발생으로 생계유지 등이 곤란한 가구에 각종 검사, 치료 등 의료서비스 지원

후 의료급여 대상자로 책정을 하여 의료서비스를 지원하기로 하였습니다. 그러나 복지서비스를 연계하는 과정에서 출생신고가 되어 있지 않아 의료급여, 사회복지서비스 연계를 하는 데 많은 어려움이 있었습니다. 이에 주민등록번호 대신 사회보장번호25)를 부여받아 긴급, 신속하게 아기를 치료할 수 있도록 조치를 취했습니다.

며칠 후 경찰에서 베이비박스에 아기를 넣고 사라진 아기의 어머님을 찾았다며 연락이 왔고, 저는 어머님을 만나러 경찰서에 갔습니다. 어머님은 경찰에서 수사를 진행하고 있었으며 경찰조사 이후 조사실에서 저와 면담을 하였습니다.

어머님은 만 21세로, 신생아를 버렸던 것에 대해 큰 죄책감을 느끼고 있으나 현실적인 여건으로 인해 아기를 키울 수 없다고 이야기를 하였습니다. 아기는 원해서 가진 것이 아니라고 하였습니다. 1년 전 아르바이트를 할 때 같이 일하던 남자친구와 동거를 하다가 남자친구의 아기가 생겼다고 했습니다. 그런데 남자친구는 본인의 아기로 인정하지 않으며, 아르바이트도 그만두고 집을

---

25) 위기 시 주민등록번호 대신 사용할 수 있는 개인식별번호

나가 잠적했다고 했습니다. 이후 생리가 멈추고 점점 배가 불러오면서 임신했음을 알고 나서부터 두려움이 커졌다고 하였습니다. 아기를 지워야할지 몇 번을 고민했지만, 아기를 지우는 것은 더 큰 죄를 짓는 일이라고 생각을 하여 아기를 낳기로 결심했다고 합니다. 그러나 막상 집에서 아기를 혼자 낳아보니 이 아기를 어떻게 키워야할지, 본인이 무엇부터 해야 할지 몰라 아기를 키워줄 수 있는 곳에 맡겨야겠다고 생각하였고, 인터넷 검색을 통해 '베이비박스'를 알아냈다고 했습니다. 본인이 거주하고 있는 지역에는 베이비박스가 없어서 베이비박스가 있는 지역까지 와서 아기를 두고 갔는데 이것이 범죄가 되는 줄 몰랐다고 말했습니다.

어머님에게 본인의 부모님이나 친인척 중에 아기를 키워줄 수 있는 분은 없는지 물어보니, 부모님과 친인척 아무도 계시지 않고 본인은 생계를 위해 돈을 벌어야 하므로 아기를 키울 수 없다고 하였습니다.

모자시설에 입소하여 우선 어머님과 아기의 건강을 되찾고 이후 일을 하는 것을 권유하였지만, 본인의 사정이 있다며 거부하였습니다.

어머님은 아기의 양육을 완강히 거부하고 아기의 장래를 위해 입양이나 가정위탁, 아동복지시설 입소를 희망하여 저는 신생아를 맡아줄 수 있는 가정위탁 가정, 양육시설, 영아원 등을 찾아다녔습니다. 하지만 생각보다 쉽지 않았습니다. 왜냐하면 신생아였기 때문에 상당한 부담을 느낀 것 같았습니다.

그래서 저는 제가 근무하고 있는 지역에 국한하지 않고 전국을 대상으로 신생아를 맡아줄 수 있는 시설을 알아보았습니다.

여러 방법으로 알아본 끝에 제주도의 한 시설에서 연락이 왔습니다. 얼마나 반가웠는지 모릅니다. 거리는 멀지만 더 이상의 대안이 없었기 때문에 그곳에 신생아를 입소시키기로 하고, 어머님의 동의를 받았습니다. 아기가 2주 입원 후 퇴원하자마자 저와 아동보호전담요원이 신생아를 데리고 비행기를 타고 제주도에 있는 시설에 아기를 데려다주고 돌아왔습니다.

이 아기는 퇴원 후 현재 건강하게 잘 지내고 있습니다. 경찰 조사 후 어머님은 출생신고를 하여 현재 아기는 본인이 받을 수 있는 기본적인 혜택을 누리고 있습니다. 아기가 시설에서 좋은 선생님과 친구들과 잘 어울리며 마음의 상처 없이 잘 자랐으면 좋겠습니다.

아이를 때리거나 아이에게 소리 지르거나 욕을 하지 않는다고 하더라도 아이들을 방치하고 버리는 것도 엄연한 아동학대입니다. 아이의 보호자가 보호자로서 해야 할 역할을 다하지 않는 것, 아이가 올바른 환경에서 자라나도록 하는 것을 방관하는 것 역시 학대에 해당합니다.

지금까지는 주로 가정에서 일어나는 학대 사례들을 보셨습니다만 과연 아동학대가 가정에서만 있을까요? 대다수 사건에서 아동학대 가해자는 부모님이지만 부모님만 아동학대를 하셨을까요? 다음은 어린이집, 유치원, 학교 등 집단시설에서 일어났던 일들에 대해 살펴보겠습니다.

제6부 집단시설에서의 학대

최근 TV, 언론매체, SNS 등에서 어린이집, 유치원, 학교, 아동복지시설에서의 아동학대 사건들이 자주 다루어지고 있습니다. 민간시설, 공공시설, 직장어린이집 등을 가리지 않고 아동학대가 일어나고 있습니다.

여담으로 저희 팀에 아동학대전담공무원이 총 9명이 있습니다. 팀장님 1분을 제외한 8명이 학대 신고가 들어오면 순서대로 해당 사건을 담당하는데, 이상하게도 저는 집단시설 아동학대 신고 건을 많이 맡게 되었습니다.

집단시설 아동학대 사건이 들어오면 우선 아동학대전담공무원은 피해아동과 보호자를 만나고 피해 정도를 확인한 후 경찰, 보육시설지도 담당공무원, 교육청 장학사와 집단시설을 방문합니다. 필요에 따라 CCTV를 확인하는 절차를 거치는데 대체로 가해자는 교사인 경우가 많습니다. 신고된 피해아동 외 다른 아동들도 피해를 보았다고 호소하거나, 특정 아동이 선생님에게 학대를 당한 것을 본 아동이 있거나, 기타 이유로 추가로 신고하면, 아동이 속해있는 반 전체 원아들을 대상으로 전수조사를 하기도 합니다.

제가 맡았던 사건들 대부분의 가해 교사들은 가해행위 자체를 축소하여 이야기하거나, 훈육하기 위해서라며 변명을 하거나, 아이들의 말과 사실이 다르다며 인정하지 않았습니다. 교사 분들이 학대의 심각성에 관해 인지하셨으면 좋겠고 아동학대가 일어났다는 것을 알게 되면 바로 신고해 주시면 좋겠습니다. 물론 대다수 교사분이 아동학대의 심각성에 대해 잘 알고 계시고 관련된 교육도 정기적으로 받으시나 몇몇 분들이 가끔 호랑이 담배 피우던 시절의 교육방식을 생각하는 것 같았습니다.

1장. 훈육과 학대의 경계 지점

어느 날이었습니다.

"제 아이가 어린이집에 다니는데 담임교사에게 학대를 당했습니다. CCTV를 확인했는데 아무래도 아동학대가 맞는 것 같아 아동학대로 신고합니다."

"CCTV에서 어떤 장면을 보셨나요?"

"담임교사가 제 아이에게 밥을 강제로 먹였습니다. 아이가 원래 밥을 적게 먹기도 하고, 아이 엄마가 어느 정도 먹여서 등원시키기 때문에 선생님에게 아이가 밥을 많이 먹지 않으면 억지로 먹이지 않아도 된다고 얘기했어요. 그런데 CCTV를 보니 선생님은 아이에게 밥을 계속 꾸역꾸역 먹이더라고요. 그리고 그 모습은 훈육 차원을 넘어선 것 같았어요. 또 아이와 이야기할 때 손목을 세게 잡는 것도 봤어요."

"잘 알겠습니다. 제가 아이와 어머님을 만나보고 어린이집에 가서 확인해 보겠습니다."

아이 이름은 김민준, 4세 남아였습니다.

민준이에게 인사를 건네고 대화하려고 여러 번 시도하였지만, 민준이는 "그 선생님은 혼내줘야 해."라는 말만 반복하며 계속 과자만 입에 넣고 있었습니다. 그리고 장난감을 소파에 던지면서 "선생님이 민준이를 이렇게 넘어뜨렸어요."라는 말을 했습니다. 민준이가 계속 선생님을 혼내 줄 것이라고 말한 이유가 궁금했습니다. 아이가 장기간 선생님에게 학대를 당해서 마음속에 있는 말을 했을 수도 있고, 아이가 부모님에게 들은 말을 따라 했을 수도 있다고 생각했습니다. 더 이상의 대화는 불가능하여 아이와 면담을 끝내고 어머님과 이야기를 해보았습니다.

민준이가 학대 피해 의심이 든 시기와 사유에 대해 먼저 여쭤봤습니다. 지금 다니고 있는 어린이집으로 옮기고 나서 굉장히 예민해졌고, 소변 실수도 잦았는데 새로운 어린이집으로 옮겨서 적응과정 중이라고 생각했다고 했습니다. 하지만 아이의 팔에서 손자국을 발견한 적이 있고, 아이가 식사하는 것을 극구 거부하기 시작했다고 했습니다. 심지어 "장소윤 선생님 나빠!"라는 말을 하기에 어린이집에서 무슨 문제가 생긴 것 같은 느낌이 들었다고 했습니다. 그래서 아이에게 어린이집에서 무슨 일이 있었는지 물어봤지만, 아이가 어려서 질문에 맞는 대답을 하지 않았다고 했습니다. 하지만 민준이의 행동이 무언가 이상하다는 생각이 들어 어린이집에 가서 CCTV를 확인했다고 했습니다.

어머님은 CCTV를 보고 충격을 받았다고 했습니다. 식사 시간이었는데, 아이가 헛구역질하는데도 담임교사는 아이의 입에 계속 밥을 넣으며 강제로 먹이는 장면이 고스란히 담겨 있었다고 했습니다. 녹음이 되지 않아 어떤 상황이었는지 구체적으로 알기 어려워 아쉬웠지만, 아이에게 강제적으로 밥을 먹게 하고 신경질적으로 식판을 치우는 모습은 명확하게 봤다고 했습니다.

그리고 아이가 교실에서 자리에 앉아 있다가 친구들과 놀기 위해 교실 뒤편으로 나갔는데 교사가 아이를 자리로 데리고 오는 과정에서 너무나 세게 팔을 잡아당겨 데리고 왔고, 자리에 앉혀서는 아이의 두 손목을 책상 위에 얹어 놓으면서 다시 손목을 잡고 힘을 주는 듯한 모습이 보였다고 했습니다. 그래서 교사에게 왜 이렇게 교실 뒤로 가는 아이를 다시 자리에 끌고 와서 앉혔는지 물었더니 아직 아이의 입에 음식물이 남아 있고, 간식을 잘 먹지 않으려고 해서 그랬다는 답변을 들었다고 했습니다.

그러면서 본인이 밥을 억지로 먹이지 말라고 누누이 이야기하였는데도 교사는 아이 입에 밥을 강제로 넣었다고 했습니다. 음식을 강압적으로 먹이고 입에 음식물이 있고 간식을 먹지 않았다는 이유로 아이들이 놀고 있는 뒷자리에 가지도 못하고 앞으로 데리고 와서 앉히는 모습이 학대가 맞는 것 같다고 생각했다고 했습니다.

민준이가 식사를 계속 거부해서 과자만 주고 있었는데, 이제는 상담과 심리치료를 받게 할 계획이라고 하셨습니다.

교사에 대한 선처 없이 경찰에 고소를 희망하여, 어머님은 이후에 경찰서에 가서 어린이집 담임교사를 상대로 고소하셨습니다. 민준이와 어머님과 이야기를 나눈 후 어린이집 원장선생님과 담임교사에게 아동학대로 신고되었다고 통보한 후 어린이집에서 두 분과 차례대로 이야기를 나누었습니다.

원장선생님은 학대가 없었다고 말씀하시고 민준이에게 밥을 계속 준 것은 아이의 체력을 위해서였을 것이라고 했습니다. 어린이집에서 여러 활동과 프로그램에 참여하려면 식사를 든든하게 해야 지장이 없다고 말을 덧붙이셨습니다.

담임교사는 다소 긴장된 모습으로 조사에 임했습니다. 담임교사는 민준이가 같은 말과 행동을 반복적으로 하는 특성이 있고, 예민한 친구이며, 미술치료를 받고 있다고 들어서 신경을 많이 쓰며 돌보았다고 했습니다. 민준이는 다른 원생들에 비해 식사를 거의 하지 않는다고 했습니다. 어머님에게 식사를 억지로 권하지 말라는 이야기를 들었으나, 아이가 오후에 교육프로그램 참여와 바깥활동을 하므로 조금이라도 더 먹여보고자 했던 것이고, 이제 4살이므로 생활습관을 잡아주는 것이 좋을 것 같아서 그랬다고 했습니다. 그리고 아이가 음식을 먹지 않고 계속 씹는 행동을 해서 한 번은 화장실에 가서 씹고 있던 음식을 뱉게 했었는데, 이것이 습관이 되어 음식을 먹지 않고 뱉으면 해결된다고 생각할까봐 끝까지 먹도록 했던 것이라고 했습니다.

교사는 민준이가 다른 원생들보다 특성 있는 아동이기 때문에 민준이 어머님과 유독 소통을 많이 했는데 이런 일이 있어 속상하다고 하셨습니다.

교사의 대화를 끝내고 CCTV 영상을 확인해봤습니다.

교사는 민준이가 구역질을 하는데도 연속으로 밥을 먹이는 장면이 있었고, 토해낸 음식을 다시 먹이는 것처럼 보이는 장면도 있었습니다. 그러나 CCTV가 음성지원이 되지 않아 교사가 아이에게 어떻게 이야기를 하고 밥을 주었는지, 교사가 아동에게 음식을 계속해서 준 의도를 객관적으로 파악하기는 다소 어려웠습니다. 아이, 어머님과 교사 양쪽에서 진술이 달랐기 때문에 학대로 판단하기가 모호한 점이 있었습니다. 어머님이 경찰에 고소하셨기 때문에 경찰 조사 결과를 기다려보는 것이 최선일 것으로 생각했습니다.

그리고 아이를 책상에 데려와 앉히고 아이의 두 손목을 잡는 모습도 보았습니다. 그러나 마찬가지로 저를 비롯한 아동학대전담공무원 1명, 경찰관, 보육시설지도팀 직원 모두가 학대로 보기에는 모호한 것 같다는 의견을 내주었습니다. 음성지원이 되지 않으며 당시의 상황을 정확히 파악하는 것이 어려웠기 때문이었습니다.

모호한 상황에서 아동학대로 판단하는 것은 무리가 있을 것 같아 사례결정위원회의 도움이 필요했습니다. 위원들과 CCTV에 녹화된 영상들, 진술 내용들을 종합적으로 확인하여 긴 회의 끝에 학대로 판단을 하는 것으로 결론을 지었습니다.

어머님의 고소로 경찰에서 어린이집 CCTV를 전부 회수하여 장기간 디지털포렌식26) 확인 결과, 몇 가지 학대로 의심되는 부분을 더 확인했다고 알려주었습니다. 아울러 학대로 의심되는 장면을 변별하여 시청에 학대 판단을 요청하였습니다.

이에 사례결정위원회를 소집하여 확인 요청 받은 영상들을 모두 한 자리에서 같이 보았습니다. 교사가 다소 거칠게 행동하였으나 교육적인 방법이므로 학대가 아니라고 판단하신 분도 계셨고, 명백하게 학대라고 판단하신 분도 계셨습니다. 그러나 사례결정위원회 위원들은

---

26) 스마트폰이나 컴퓨터 등 디지털 기록 매체에 있는 전자정보 중에서 디지털 증거를 수집하고 분석해 문서화하는 수사 과정

아이가 헛구역질하는데도 음식을 계속 먹이고, 상황이 어떻든 교실 뒤편에 있는 아이를 자리에 데려와서 세게 앉히고 손목을 잡는 부분들이 아이가 공포 분위기를 느끼기에 충분했을 것으로 판단하여 교사에 의한 아동의 정서학대로 판단을 했습니다.

지방자치단체의 의견을 경찰서에 보냈으며 경찰에서는 제가 보내드린 자료를 참고하여 수사에 활용할 예정입니다.

실제로 법원 판례에서도 어린이집 교사가 음식물을 강제로 먹도록 한 경우, 아이에게 공포감을 주는 것 등은 정서학대로 판단을 한 판례가 있어 아동학대로 판단을 하는 데 많은 도움이 되었습니다.

2장. '타임아웃'이라는 훈육방법이에요

한번은 이런 일이 있었습니다.

딸이 유치원 담임 선생님에게 학대를 당한 CCTV 장면을 확인했다고 아버님이 아동학대 신고를 하셨습니다.

여섯 살 아이가 유치원에 다니고 있는데, 어느 날은 아이의 손발이 너무 차갑고 표정이 얼어있어서 평소와 다른 아이의 모습에 아버님이 유치원에 CCTV를 확인하겠다고 요청했고, 학대 모습을 확인하였다고 하셨습니다.

① 담임 선생님은 아이를 교실 뒤로 데려가 교실 바닥에 무릎을 꿇게 하여 계속 벽을 보게 하고 있었음

② 식사할 때 아이를 벽 쪽으로 끌어당겨 벽을 보고 식사를 하게 함

저는 신고내용을 정리한 뒤, 아이와 부모님을 만나서

당시 있었던 일에 관해 이야기를 들어보았습니다. 하지만 아이는 몸이 좋지 않아 진술을 받기가 어려웠고 어머님도 아이를 돌봐야 하는 상황이라 아버님과 이야기를 나누었습니다.

"우리 아이가 무슨 잘못을 했는지는 모르겠지만요, 아이가 교실 뒤편에서 놀고 있는데 담임교사가 그냥 막무가내로 손목을 잡아끌고 앞으로 나오는 장면이 있었어요. 끌고 와서는 의자가 아니라 책상 옆 바닥에 무릎을 꿇게 하고 벽 쪽을 바라보게 하더라고요. 아무리 우리아이가 잘못했더라도 이렇게 어린 애를 20분가량 무릎을 꿇고 벽을 바라보고 있게 하는 게 학대가 아니면 무엇이겠습니까?"

"CCTV를 보고 많이 놀라셨겠습니다."

"화가 치밀어 오르죠. 그리고 그 유치원이 좋다고 해서입학 대기 순번까지 기다려서 어렵게 보낸 곳인데 어떻게 이런 식으로 아이를 대하는지 이해를 할 수 없습니다."

"혹시 이외에도 아이가 다른 증상을 보이거나 직접 확인한 학대 정황이 있었나요?"

"아니요. 유치원에서도 CCTV를 안 보여주려고 하는데 겨우 본 거예요. 더 보고 싶었는데 더는 안 보여주려고 하더라고요. 이거 말고도 더 있을 것 같아서 아동학대로 신고한 겁니다."

그래서 저는 부모님께서 지정해주신 날짜와 시간에 해당하는 CCTV 영상을 보고, 담임교사를 조사한 후 아동학대 여부를 판단할 것이라고 안내해 드렸습니다. 만약 더 확인이 필요하다고 하면 얼마든지 학부모님께서 유치원에 CCTV 확인 요청을 할 수 있으므로 다른 의심되는 부분이 있을 시 유치원에서 CCTV를 확인하시라고 말씀드렸습니다. 아울러 담임교사의 처분을 원한다면 경찰에 고소하는 방법도 있다고 안내하였습니다.

경찰은 CCTV 확보 권한이 있고, 디지털포렌식 기술을 사용하여 수사를 할 수 있습니다. 그러나 경찰이 CCTV 자료를 확보할 수 있는 권한이 있다고 하더라도 경찰 인력에 한계가 있어, 아동학대가 의심되는 날짜와 시간을 지정해서 고소하면 더 빠르고 원활하게 수사가 진행될 수 있습니다.

학부모님과의 면담을 마무리하고 시청, 경찰, 교육청 장학사와 해당 유치원을 방문하였습니다. 원장선생님은 유치원에서는 조사과정에 모든 준비가 되어 있고, CCTV 자료를 확인해도 된다는 답변을 주셨습니다.

피해아동은 정은아라는 6세 여아였는데, 신고된 내용과 아동의 피해의심 상황 확인을 위해 CCTV 일부를 보겠다고 말씀드렸습니다.

영상에는 교사가 은아의 손을 세게 잡고 이야기하는 모습, 뒤에서 아이들과 놀려고 나가는 은아를 앞으로 데려와서 교실 한쪽에 앉혀 오랫동안 앉아 있게 하는 모습이 담겨 있었습니다. 장학사님은 아동을 교실 한쪽에 오랫동안 두는 것은 독립적인 공간에서 아이들이 잠깐 스스로 생각할 수 있는 시간을 주는 '타임아웃'이라는 훈육 방법이라고 말씀하셨습니다. 그런데 이것은 논란의 여지가 있는 것으로 알고 있습니다. 왜냐하면 장소를 잘 선택해야 하고 너무 오랫동안 아이들을 혼자 두면 안 되기 때문입니다. 3분 안팎이었으면 적절했을 것 같지만 아이는 20여 분 동안 교실 한구석에서 조용히 혼자 있었습니다. 원장님에게 타임아웃을 한 이유를 묻자, 은아가 유치원 활동에 집중하지 않고 산만한 모습을 보여 잠시 앞에 데려왔는데 다른 아이들을 보느라 은아를 잠시 놓친 것 같다고 했습니다.

그리고 은아의 손발이 차가웠던 것은 코로나 감염 예방을 위해 자주 환기를 시켰기 때문이라고 답하였습니다. 그리고 담임교사와 이야기를 이어나갔습니다.

CCTV로 확인한 장면들을 말씀드렸더니 긴장한 담임교사는 말을 이어갔습니다. 은아가 아주 산만한 아이라 신경을 많이 쓰고 있다고 했습니다. 그날은 은아가 다른 친구들이 놀이하고 있는 것을 방해하고 교육활동도 방해하는 모습을 보여 화가 많이 났다고 했습니다. 더구나 간식을 먹지 않고, 학습활동도 하지 않고, 친구들과 놀려고만 하는 모습에 훈육해야겠다는 생각이 들어 잠깐 벽을 보고 앉게 했다고 했습니다. 원래는 잠깐 아이를 두려고 했는데 다른 아이들을 같이 보다 보니 은아를 한쪽에 둔 것을 잠시 인지하지 못했다고 했습니다.

담임교사와 이야기를 마무리하고, 은아 아버님께는 내부 회의를 거쳐 아동학대 여부를 판단하겠다고 전화로 안내해 드렸습니다. 며칠 후 아버님은 담임교사를 상대로 경찰에 고소하였고 경찰에서는 사건 수사를 진행하고 있습니다.

특성이 있는 아이임을 인지하고도 보조교사를 활용하지 않고, 벽을 보고 오랫동안 혼자 앉아 있게 하고, 교사가 아이를 장시간 동안 방치하여 아이가 격리되어 있는 동안 공포 분위기를 느끼게 했습니다. 위 사항을 근거로 아이에 대한 담임교사의 정서 및 방임학대로 판정을 했습니다.

아동보호전문기관 팀장님은 '타임아웃'이라는 기법은 3분 정도가 적당하며, 이것을 장시간 사용하는 것은 아동학대가 된다고 하였습니다. 타임아웃 이후에는 아이와 대화를 하는 과정을 거쳐야 하는데, 이 선생님은 이 타임아웃 기법을 단순히 아이를 분리하는 방편으로만 사용했던 것 같습니다.

또한 타임아웃을 사용한 집단시설 담임교사를 정서학대로 판단한 법원 판례가 있습니다.

제가 학부 시절 심리학 관련 교양수업에서 '타임아웃' 기법에 관해 공부한 적이 있습니다. 그때 당시 아이를 잠시 분리해 놓는 방법이 아이 훈육에 효과적인 방법일지 의문을 가졌었던 기억이 납니다. 타임아웃은 분명 아동 훈육에 사용할 수 있는 기법이나 잘못 사용하면 아동학대가 될 수 있다는 점을 기억해주시면 좋겠습니다.

3장. 아이의 볼만 꼬집었을 뿐인데

한번은 초등학교 교장 선생님에게서 전화가 왔습니다. 초등학교 5학년 교실에서 있었던 일인데, 담임교사가 학생의 볼을 여러 번 꼬집었다고 했습니다. 아이의 볼에 상처가 나고 피멍이 들 정도로 센 강도로 꼬집혔던 것 같다고 이야기하셨습니다.

학교에서 체벌이 일어난 것에 대해 교장 선생님이 직접 아동학대 신고를 하신 것은 이례적인 일입니다.

'얼마나 심각한 학대이기에 교장 선생님께서 직접 신고를 하셨을까?'

교장 선생님의 신고내용을 접수하자마자 피해아동의 어머님에게 전화를 드렸습니다. 그런데 어머님은 의외로 담임교사를 학대 가해자로 보는 것을 원하지 않는다며 상당히 거부적인 모습을 보이셨습니다. 담임교사가 아동을 체벌했던 일은 이미 지난 주말에 담임교사와의 대화를 통해 다 해결하였고, 담임교사에게 사과를 받았기 때문에 담임교사가 처벌을 받는 것도 원하지 않는다고 하였습니다.

그러나 아동학대 신고접수가 들어오면 철회가 되지 않고 대면조사를 해야 하는 것이 원칙이기 때문에 잠깐이라도 면담 시간을 내어 달라고 설득하였습니다. 어머님은 이미 대화로 해결하였고 아이도 이제 마음이 조금 진정된 상태인데 다시 이야기를 꺼내는 것이 맞는지 의문이 든다고 했습니다.

어머님은 아이가 완전히 안정되면 다시 전화를 준다고 했고, 이틀 후 어머님의 연락을 받아서 아이, 어머님 순으로 대면조사를 했습니다.

아이는 저의 질문에 간단하게 답변하였는데 상당히 산만한 모습을 보였습니다. 의자에 가만히 앉아서 있지 못하고 주변을 두리번두리번하는 모습을 보였고, 아동이 선생님과 있었던 일에 관해 물어보았는데 이야기하는 도중 본인이 하는 게임과 제일 좋아하는 과목인 과학에 관해 이야기했습니다. 아이와 대화가 원만하지는 않았지만, 학교 선생님과 있었던 일에 대해 몇 가지를 들어 볼 수 있었습니다.

아이는 본인이 책상 정리를 잘 하지 않아서 선생님이 화난 상태였는데, 선생님에게 우유팩을 던져서 볼을 세게 꼬집혔다고 했습니다. 선생님 손톱이 길어서 더 아팠다고 했습니다.

선생님은 아이에게 미안하다고 사과하였는데 볼을 꼬집혔던 당시에는 기분이 너무 안 좋았고 화가 났다고 했습니다. 아이의 휴대전화에 있었던 볼 상흔 사진을 참고하여 신체 및 정서학대 정황을 확인했고, 어머님과 이야기를 이어나갔습니다.

어머님은 더는 개입을 원하지 않는다며 담임교사와 원만히 해결되었다고 거듭 말씀하셨습니다. 물론 당시에 담임교사에게 매우 화가 났던 것은 맞지만 담임교사가 주말 간 계속해서 사죄했고, 아이와 원만하게 풀기로 했다고 이야기를 하면서 더 이상의 개입은 하지 말아 달라고 면담을 거부하셨습니다.

어머님의 의사를 충분히 확인 후 아이가 다니는 초등

학교에 갔습니다. 교장 선생님과 담임교사를 만나 아이와 있었던 일에 관해 이야기를 들어보았습니다.

먼저 교장 선생님과 이야기를 나누었습니다.

교장 선생님은 지난주 목요일 늦은 시간에 사건이 발생했고, 담임교사에게 보고 받은 것은 다음 날 금요일 아침이었다고 했습니다. 당일 1교시부터 아이가 문제 행동을 보여 담임교사가 지속해서 훈육하였으나 아이가 선생님의 훈계를 듣지 않았고, 아이가 본인에게 우유팩을 던진 것에 감정이 폭발하여 볼을 꼬집었다고 했습니다. 담임교사에게 경위서를 받았고, 자세한 내용은 이후 구두로 보고받았다고 했습니다.

이에 교장 선생님은 아이 학부모님께 직접 전화를 하여 아이와 담임 선생님 사이에 있었던 일에 대해 말씀을 드렸다고 했습니다. 상처가 난 아이에게 치료조치를 하지 않고 방치한 것에 대해서 어머님이 매우 화가 나 있었다고 했습니다. 어머님은 아이를 학교에 맡길 수 없다면서 아이를 학교에 보내지 않고 홈스쿨링27)을 하겠다고 말했다고 했습니다. 그래서 교장 선생님은 어머님의 이야기를 더 들어보고 설득시키고자 주말에 면담을 요청

---

27) 학생들이 학교에서 수업 받지 않고 가정에서 부모님에게 교육받는 것

했다고 했습니다. 그래서 본인과 교감 선생님, 담임 선생님, 교무부장 선생님, 어머님이 모여서 이야기를 나눴으며 결국 담임교사가 어머님께 사과했다고 했습니다. 그리고 평소에 아이가 담임 선생님을 좋아했고, 담임 선생님과 함께 있고 싶으니 선생님을 용서하겠다고 하여 어머님은 아이의 마음을 다치지 않게 하려고 담임교사를 한 번 더 믿어보겠다고 했다고 합니다. 그리고 다음 날 학생들 앞에서 담임교사가 아이를 안아주며 미안하다고 하였고, 절대 체벌하지 않겠다고 약속했다고 했습니다.

교장 선생님과의 이야기를 잘 마무리하고 이어 담임교사를 만나보았습니다.

담임교사는 초임발령지에서 이런 일이 발생해서 당황스럽고 죄책감이 든다고 했습니다. 사건 당일, 아이가 미술 활동을 했었는데 그림을 그리지 않고 계속해서 스케치북에 물감으로 장난을 쳤다는 것이었습니다. 그리고 물통에 있는 물에 붓을 넣어 붓으로 친구에게 물을 튀기는 장난을 쳐서 하지 말라는 경고를 했다고도 했습니다. 오전 내내 이런 일이 있었고 미술 활동이 끝난 후 붓과 물통, 물감 등 각종 미술도구를 넣은 뒤 수업을 진행했다고 했습니다. 그런데도 이 아동은 붓으로 친구들의 옷에 장난을 쳤고 이에 교사는 한 번 더 같은 행동을 하면 앞자리로 옮기겠다고 경고를 했다고 했습니다.

아이는 장난을 치지 않겠다고 약속하였으나, 친구들에게 다시 장난을 쳐서 교탁 바로 앞으로 자리를 옮기게 되었고 담임교사는 수업을 계속했다고 했습니다. 하지만 친구들과 티격태격하고, 물감으로 장난치고, 물감을 본인에게 뿌려서 화가 많이 난 상태였다고 했습니다. 그런데 아이가 우유팩을 본인에게 던졌고, 너무 화가 나서 아이에게 하지 말라고 크게 소리를 치고, 교실 밖으로 아이를 데리고 나와서 이야기를 더 하다가 볼을 꼬집었다고 했습니다.

그런데 본인의 손톱이 길어서인지 아이 얼굴에 살짝 손톱자국이 났던 것 같고 빨갛게 멍이 들었다고 했습니다. "너 왜 이런 식으로 행동하니!"라며 소리를 질렀고 그 외 소리치거나 욕설은 하지 않았다고 했습니다. 주말에는 어머님에게 사죄를 드렸고 경위서를 학교에 제출했다고 했습니다. 처음에는 격앙된 모습을 보였던 어머님께서 아이가 본인을 너무 좋아한다며, 남은 기간에도 아이를 잘 맡아 주고 다음 학년에도 담임 선생님이 되어달라는 이야기를 하셨다고 했습니다. 정말 미안하고 감사한 마음이 들어 눈물이 많이 났다고 했습니다.

이제부터는 감정조절을 잘하고 올바른 훈육 방법을 찾

아보고 공부하겠다고 했습니다. 교사라는 점을 먼저 생각하고 자제심과 인내심을 갖겠다고 했습니다.

이 사례에서 담임교사는 아이의 문제 행동을 반복적으로 훈계하였지만, 행동이 고쳐지지 않자 감정이 폭발했던 것 같습니다. 그리고 아이를 꼬집어 아이의 피부에 상처가 생겼으나 약을 제대로 발라주지 않았고, 미리 본인의 실수를 얘기하지 않았던 점이 어머님의 마음을 더욱 속상하게 했던 것 같습니다. 미리 솔직하게 아이 부모님께 말씀을 드려 사과했다면 어땠을까 생각을 해 봅니다.

조사 결과, 아이의 상흔이 명백하고, 교사의 체벌이 아동의 정서에 부정적인 영향을 끼쳤으므로 교사는 신체 및 정서학대를 한 것으로 판정을 하였습니다. 현재 아이는 사후관리를 받은 후 담임교사와 잘 지내고 있으며, 담임교사는 아동학대예방교육을 이수하여 체벌에 대한 인식이 많이 개선되었습니다.

4장. 아이가 너무 말을 안 들어요

경찰서에서 전화가 왔습니다.

"학교에서 아동학대 사건이 발생한 것 같은데 아이의 가정에 동행 요청합니다."

경찰관은 체벌과 관련된 신고를 받았는데, 아동이 교사에게 받은 체벌 수위가 너무나 높은 것 같아서 사건처리를 할 것이라고 했습니다. 그래서 저는 경찰관과 함께 먼저 아이와 어머님을 만나러 집으로 갔습니다.

아이는 학교 숙제를 하지 않아서 선생님이 본인에게 소리를 지르고 목을 조르는 행동을 하였다고 했고, 그때 일시적으로 숨을 못 쉬었다고 했습니다. 그리고 여러 차례 손바닥으로 얼굴도 맞았다고 했습니다. 선생님이 다음에도 숙제를 하지 않고, 떠들면 가만두지 않겠다고 이야기를 해서 매우 무서웠다고 했습니다.

어머님은 아이의 말을 듣고 너무나 당황스러웠다고 했습니다. 그래서 아이에게 일일이 물어보고 기록해서 적은 사실확인서를 저에게 주셨고, 무조건 수사를 요청할 것이라고 했습니다. 어머님이 더욱 화가 났던 것은 담임교사와 통화했을 때, 담임교사가 아이를 혼내기는 했지만 때린 적은 없다고 발뺌했다는 점이었습니다. 예전에 아이한테 뒷자리에 나가서 손들고 있게 했던 것은 맞지만 때린 적은 없다고 얘기했다고 했습니다.

아이는 그 사건 이후로 학교에서 선생님을 보는 것을 힘들어하고, 본인도 담임교사가 교체되었으면 좋겠다고 이야기했습니다.

초등학교 5학년 남자아이를 교육하는 것은 힘들 수 있다, 교사가 분명히 화날 수 있다, 그래서 아이에게 야단치고 손들고 서 있게 하는 것 정도는 이해할 수 있다, 하지만 화를 통제하지 못하고 아이의 목을 조르며 폭행하는 사람이 담임교사로 있다는 것은 다른 아이들에게도 잠재적인 위협이 될 수 있다고 이야기를 했습니다.

어머님은 이렇게 체벌하는 태도는 절대 고쳐지지 않을 것이라고 하면서 어머님이 작성한 사실확인서를 보여주셨는데 내용이 너무나 심각했습니다. 목을 조르고, 뺨을 때리고, 주먹으로 명치를 때리고 발로 세게 차는 등 아이에게 절대 해서는 안 되는 폭행들이 적혀 있었습니다. 어머님의 이야기를 다 들은 후, 이어서 담임교사를 만나 보았습니다.

담임교사는 아이가 말을 너무나 듣지 않고, 제대로 숙제해온 적이 없다고 했습니다. 그래서 아이에게 숙제를 왜 하지 않았느냐고 물으니 아이가 집에서 잤기 때문이라고 해서 선생님은 아이에게 꿀밤을 주고 목을 밀쳤다고 했습니다. 이후에는 아이와 재미있게 담화를 이어나가서 체벌에 대해서 무관심하게 있었다고 했습니다. 아이가 숙제를 안 해올 때마다 교실 뒤에서 10분 정도 손을 들고 서 있게 했지만, 욕설을 사용하지는 않았다고 했습니다.

아이와 평소에 잘 지냈는데 왜 이렇게 되었는지 모르겠다며 푸념했습니다. 아이와 어머님에게 전화해서 본인이 당시에 너무나 흥분했었다며 사과를 드렸고, 아이에게 본인을 용서해줄 수 있겠냐고 물으니 그러겠다고 했다고 했습니다. 아이와 어머님과 대화를 통해 원만하게 해결하면 좋겠지만 아이가 본인을 무서워할까 염려가 된다고 이야기했습니다. 그리고 본인은 아이에게 꿀밤을 주고 목을 살짝 밀쳤을 뿐이라며 재차 강조했습니다.

이렇게 아이와 선생님의 진술이 매우 달랐지만 체벌한 사실은 확인되었기 때문에 아동학대로 판정하여 아동보호전문기관의 사례관리로 연계하려고 했습니다.

그런데 다음날, 또 한 통의 아동학대 신고가 들어왔습니다. 본인의 딸이 같은 반 친구가 담임교사한테 체벌받는 것을 보고 너무나 충격적이었다고 하여 아동학대 신고를 한다고 했습니다. 해당 학교명, 학년, 반, 피해아동의 이름을 물어보았습니다. 공교롭게도 제가 조사를 하고 마무리하려고 했던 아이와 일치하였습니다.

같은 반 친구들이 피해아동이 체벌 받는 것을 보았다는 진술을 확보하여 긴급하게 내부적으로 회의를 진행하였고, 학급 아동을 대상으로 전수조사를 하기로 했습니다.

전수조사하기 위해 학교 측과 일정 조율을 하면서 아동학대예방경찰관, 교육지원청 장학사, 아동보호전문기관 상담원에게 합동조사 협조 요청을 하여 전수조사를 진행하였습니다.

　미리 작성하여 배부한 설문지를 토대로 아동학대조사 공무원과 상담원들이 반 아이들과 상담을 하면서 체벌 정황을 조사하였습니다. 아이들은 체벌 받은 친구를 공통적으로 지목했고, 선생님이 아이의 목을 잡아서 들어 올렸고, 교실 뒤로 끌고 갔고, 꿀밤을 때렸다고 동일하게 이야기하였습니다. 체벌 이유에 대해서는 피해아동이 숙제를 안 해서라고 응답했습니다. 그러나 담임교사의 처벌과 담임교사 교체 의사에 대해서는 대부분 아니다, 그냥 계속 담임교사를 했으면 좋겠다고 했습니다. 체벌을 하는 것이 자주 있는 것은 아니며, 평소 담임교사가 아이들이 숙제를 하지 않으면 손들고 서 있게 하거나 교실 뒤에 나가 있게 하는 정도였다고 했습니다.

　장학사를 통해 교내 체벌이 금지되어 있는 것을 확인했고 담임교사는 목을 조르고 아이에게 폭력을 가한 정황이 명백하므로 신체학대로 판단을 했고, 또한 체벌로 인해 아동이 공포를 느끼고 아동의 정서에 부정적인 영향을 미칠 것으로 생각하여 정서학대로도 판단했습니다.
　그리고 체벌 받은 아동 외 나머지 아동에 대해서도 충격이었다, 나도 그렇게 체벌을 받을까 봐 무섭다, 공포영

화를 보는 듯한 느낌이었다고 이야기를 한 점을 들어 피해아동이 교사에게 체벌을 당한 장면을 목격하였던 아동에게도 정서학대로 판정을 하였습니다.

교사에게 체벌 받은 아이는 지금 아동보호전문기관의 상담과 심리치료를 받고 있고, 정서학대로 판단된 학급아동들 중 원하는 경우 아동보호전문기관의 심리치료, 상담을 같이 받을 수 있도록 안내했습니다.

아동이 트라우마에서 벗어나서 일상 활동에 전념할 수 있었으면 좋겠습니다.

5장. 사춘기 아동의 반항기를 잡으려다가

　이번에 경찰서에서 통보 온 건은 아이의 어머니가 아동의 살려달라는 문자를 받고 경찰에 신고한 사건입니다.

　'살려달라는 것'은 학교 선생님으로부터 살려달라는 것이었습니다. 저는 이 내용을 전해 듣고 경찰관들과 학교에 나가서 상황을 확인해 보았습니다.

　고등학생 이창수. 어머니와 단둘이 지내는 한부모가정으로, 창수와 먼저 면담하였습니다.

　친구들과 같이 축구를 하면서 장난을 치다가 화가 나서 몇몇 친구들끼리 서로 욕설을 하면서 다툼이 생겼다고 했습니다. 그런데 담임교사가 본인만 야단을 쳐서 기분이 나빴다고 했습니다. 평소에는 담임 선생님이 잘해주고 상담을 많이 해주고 방과 후 공부를 잘 챙겨줘서 선생님이 너무 좋고 잘 따랐었는데, 오늘은 편파적으로 야단치고 심한 욕설을 하고 몽둥이를 들었다고 했습니다. 교사가 책상을 밀치고 이성을 잃은 듯 보여서 어머님에게 급히 살려달라는 문자를 보냈었다고 했습니다.

예전에도 이런 경우가 있었는지 물어보니, 한 번도 이랬던 적이 없었으며 갑작스레 본인에게 화를 내서 무서웠다고 했습니다.

창수의 진술을 들은 후 담임교사를 만났습니다.

담임교사는 여성이었는데 많이 억울하다며 눈물을 보였습니다. 감정적으로 많은 상처를 받아서인지 계속 눈물을 보이다가 감정을 추스른 후에 말씀을 이어나갔습니다. 창수는 학교폭력 가해자임에도 불구하고 본인은 창수를 졸업시킬 것이라고 다짐을 했었다고 했습니다. 창수는 올해 초 전학을 왔는데 작년까지 문제가 많았던 아이라고 했습니다. 친구들과 자주 싸우고, 교우관계가 매우 안 좋았지만, 본인이 창수를 졸업시키기 위해 마음을 다했다고 했습니다. 오히려 창수에게 많은 관심을 두고 이야기를 들어주어서 오히려 다른 학생들에게 창수를 편애한다는 말을 듣기도 했다고 했습니다.

오늘 창수가 축구를 하다가 후배들을 괴롭히고 공을

던지는 잘못된 행동을 했다고 했습니다. 창수는 남자 고등학생이라 체격이 건장한데, 본인은 여교사이기 때문에 바로 잘 잡지 않으면 무시를 당할 수 있고, 창수의 행동을 바로 잡기 위해서는 이번에는 강하게 이야기를 해야겠다고 생각했다고 했습니다. 그래서 소리를 크게 지르고 방망이를 들고 아이에게 무릎을 꿇으라고 했고 욕설을 사용했다고 했습니다. 그리고 교실 청소를 하고 교무실로 오라고 했다고 했습니다.

그런데 갑자기 경찰관이 학교로 찾아와 아동학대 혐의로 신고를 받았다며, 본인에게 아동학대 가해자로 조사를 하겠다고 하여 많이 놀랐다고 얘기했습니다.

선생님의 진술을 통해 학대 정황을 확인하였고, 이어서 창수 어머님을 만나보았습니다.

"어머님. 오늘 많이 놀라셨겠지만 무슨 일이 있었는지 처음부터 차근차근 이야기해 주시겠어요?"

"저는 오늘 많이 놀랐습니다. 창수가 저에게 문자를 보냈는데 살려달라고 적혀 있었어요. 처음에는 보이스피싱28)인 줄 알고 창수에게 바로 전화를 해 봤어요. 그런데 전화를 받지 않는 거예요. 그때부터 갑자기 걱정되기 시작했어요. 그래서 선생님께 전화했는데 선생님과도 통화가 되지 않았어요. 전화도 안 받고, 아들이 살려달라는 문자를 보내온 상황에서 어떤 부모라도 경찰에 신고할 수밖에 없었을 거예요."

이어서 어머님은 문자를 보여주었는데, '엄마, 선생님이 나를 해치려 한다', '너무 무섭다', '살려 달라'는 내용이 있었습니다.

경찰 조사가 끝난 후 담임교사에게 전화가 왔다고 했습니다. 교사에게 창수와 무슨 일이 있었냐고 물어보니 교사는 회초리를 들고 아이를 혼냈다고 하면서 본인의 훈육 방법이라고 이야기를 했다고 했습니다. 그러면서 어머님과 선생님 사이에 의견 충돌이 있었다고 했습니다.

어머님이 교사에게 받았던 체벌에 관한 이야기를 창수에게서 듣고서 충격을 받았다고 했습니다. 선생님이 책상을 발로 차고 회초리를 들기도 하였다고 했는데 아이가 없는 말을 지어내지는 않을 것이라고 했습니다.

---

28) 정보통신금융사기

하지만 학교에 많은 사건, 사고들이 있어서 선생님의 상황은 이해가 된다고 하였습니다. 창수와 통화만 되었어도 경찰에 신고하지는 않았을 것이라며 차근차근 이야기하셨습니다. 평소에는 아들과 관계가 매우 좋았기 때문에 다음 주 월요일에 학교에 방문해서 선생님과 이야기해 볼 것이라고 했습니다. 교사에 대한 경찰처분을 원하지는 않고, 아이의 안전 때문에 신고를 한 것이므로 아이 안전을 확인했으니 괜찮다고 했습니다. 원활하지 못했던 의사소통 문제는 선생님과 해결할 것이고, 가정교육을 다시 제대로 하겠다고 했습니다.

이 사건도 창수와 교사의 진술이 일치하지 않았지만, 도구를 들고 겁을 주고, 욕설을 사용한 것은 확인되었습니다. 아이가 매우 두려움을 느꼈을 것으로 생각하여 정서학대로 판단을 하였습니다. 이후 아동보호전문기관에서 창수는 상담 및 심리치료를, 담임교사는 상담 및 아동학대 예방 교육을 받는 것으로 사건이 마무리되었습니다. 담임교사가 적절하지 못한 훈육 방법을 사용해서 문제가 되었으나, 감정적으로 매우 힘들었을 것 같습니다. 남학생들을 교육해야 하는 여교사의 고충을 느낄 수 있었던 사건이었습니다.

다행히 그날 이후 아이, 어머님 그리고 교사가 만나 대화를 통해 오해를 풀고 원만하게 해결하였습니다. 창수도 교우관계에서 적절하지 못한 행동을 하는 것에 대해 반성을 많이 했다고 했습니다.

이상으로 어린이집, 유치원, 학교 등 집단시설에서 일어난 아동학대 사건들에 대해 살펴보셨습니다. 예전과는 많이 달라진 사회적인 학대의 기준, 체벌기준들이 있다는 것을 모두가 아셨으면 좋겠습니다. 물론 몇몇 선생님들의 문제이긴 하지만, 이러한 아동학대 인식 전환의 과도기에서 선생님들께서 훈육 방법에 관해 한 번 더 생각해주시면 좋겠습니다.

6장. 원장님, 알고 계셨나요?

경찰서에서 아동학대 신고 전화를 받았다는 전화를 주었습니다. 신고인은 다른 지역에 거주하는 지인으로, 특정 날짜 일주일을 거론하며 한 직장어린이집에서 아동학대가 일어났던 것 같다며 다시는 이런 일이 발생하지 않게 하려고 신고했다고 했습니다. 직접적인 피해아동의 부모님은 아이가 교사에게 학대를 당한 것 같다는 의심을 하고 있다고 했습니다. 아이가 어린이집에 가기를 무서워하고, 이상하게 다쳐오는 등 의심 정황은 있지만, 학대가 확인된 것이 아니고 직장어린이집을 상대로 경찰에 신고하면 직장에서 불이익당할 것을 우려하여 신고하지 않은 것 같다고 했습니다.

아동의 이름이 무엇인지 물어보았습니다. 그러니 경찰은 신고인이 피해아동의 이름은 모르기 때문에 알려준 날짜의 어린이집 CCTV를 보면서 피해아동을 파악해야 할 것이라는 했다고 하였습니다. 피해아동이 확인되지 않은 상황에서 어린이집 CCTV를 통해 피해아동을 파악해야 했습니다.

경찰에서 직장어린이집 원장과 조사 일정을 잡은 후 다시 연락을 주었습니다. 경찰, 시청 아동보호팀, 보육지도팀 직원들과 같이 해당 어린이집으로 갔으며, 신고인이 언급한 일주일간의 CCTV 자료를 확인했습니다. 5일간의 CCTV 자료 전체를 봐야 해서 학대 정황과 피해아동을 파악하는 데 많은 시간이 걸렸습니다.

수많은 아동, 여러 반, 여러 대의 CCTV를 확인하는 과정은 매우 힘들었습니다. 일반적으로는 특정된 피해아동에 대해서만 CCTV를 확인하기 때문에 아동이 속해있는 반, 아동이 이동하는 동선을 따라 CCTV를 봅니다. 그러나 지금은 일반적인 상황이 아니었습니다. 조사과정에서 한계를 느껴 CCTV를 보는 도중 원장님에게 그동안 다친 아동은 없었는지, 특이한 행동을 보인 아동들은 없었는지 문의하였습니다.

원장님은 4세 남아 1명이 최근에 화장실에서 미끄러져 다친 적이 있다고 했습니다. 아동이 금요일 점심시간쯤 화장실에서 슬리퍼를 잘못 신다가 넘어져서 얼굴에 상처가 났고, 부모님께 말씀드렸더니 아이를 오후에 데려갔다고 했습니다. 저와 경찰, 보육지도팀 직원은 무언가 이상하다는 생각이 들어 원장님께 당시 넘어졌던 남아의 알림장, 영유아 사고보고서, 상처를 입은 사진 등을 찾아달라고 했습니다. 원장님이 4세 남아에 관한 자료를 찾으러 간 사이에 4세반, 금요일 11시부터 13시 사이의 CCTV를 보았습니다. 오전에 아이들이 바깥놀이를 하고 들어와 점심을 먹으려고 준비를 하는 것 같았는데 갑작스럽게 충격적인 장면이 나왔습니다. 담임교사가 아동을 교실 가운데로 끌고 와 바닥에 내팽개치고, 넘어진 아동을 끌어올려 화장실로 데리고 갔습니다. 화장실 안에서의 상황은 자세하게 알 수는 없었지만, 화장실 문틈으로 아이를 내팽개치는 듯한 모습이 어렴풋하게 보였습니다.

오랜 시간 끝에 아동에 관한 자료를 들고 온 원장님께 CCTV 영상을 보여드렸습니다. 원장님은 다소 당황한 듯 보였으며 이미 CCTV 내용에 대해 알고 계신 것 같았습니다.

"원장님, 알고 계셨나요?"

"………"

"이 상황을 알고 계셨던 것이 맞네요?"

"제가 이 장면을 제대로 확인을 하지는 못했고, 이게 아동학대에 해당할 줄 몰랐어요. 당시 ○○반 선생님이 바깥놀이 이후 아동이 더 놀고 싶다고 고집 부려서 실랑이가 있었고, 그 과정에서 선생님이 다소 화가 났던 것 같아요. ○○반 선생님에 대한 의심은 있었지만, 선생님을 믿었기 때문에 상황의 심각성에 대해 정확히 인지하지 못했던 것 같습니다."

"원장님은 아동학대 신고의무자인 것 아시죠?"

"........."

"교사에게 체벌 받은 아동의 이름은 무엇인가요?"

"김용현이라는 아동으로, 만 3세 반에 재원 중인 아동입니다."

"용현 아동 부모님은 아이가 교사에게 당한 일들을 알고 계시는가요?"

"잘 모르실 것 같습니다."

"담임 선생님은 어디 계시나요?"

"당시 담임 선생님이었던 분은 현재 건강상의 문제로 그만두셨습니다."

"병명이 무엇인가요? 어디가 아프셨던 건가요?"

"네. 공황장애가 있었다고 했습니다."

아이를 학대했던 선생님은 저희가 조사를 시작하기 몇 달 전에 공황장애로 인한 건강상의 문제로 퇴사를 하였었습니다.

경찰에서는 CCTV를 확인하자마자 자체 수사를 하는 것으로 결정하였습니다. 명백한 아동학대 정황이 포착되었기 때문에 경찰에서도 심각성을 인지하였던 것 같습니다. 시청 보육지도팀에서는 담임교사가 부모님께 보낸 알림장을 확인하였습니다. 그런데 알림장에는 용현이가 화장실에서 슬리퍼를 신다가 미끄러져서 얼굴에 상처가 났다고 적혀 있었습니다. 그리고 담임교사가 부모님에게 아이가 슬리퍼를 신다가 넘어졌다며 아이의 코, 광대뼈와 무릎 부분이 빨갛게 상처가 난 사진을 보낸 것을 확인하였습니다.

원장님과의 조사를 마무리하고 보조교사와 이야기해보았습니다.

당시 상황에 대해 보조교사는 바깥놀이 후 용현이가 복도에서 안 들어오고 있었다고 했습니다. 용현이가 계속 바깥놀이를 하겠다고 고집부리자 당시 담임교사가 용현이를 데리고 들어와서 거칠게 다루었던 것 같다고 하였습니다. 그 외 상황에 대해서는 잘 모른다고 답변을 하여 보조교사와는 조사를 마무리하였습니다.

어린이집에서 나와 용현이 어머님께 연락을 드렸습니다. 당시 있었던 상황, 아이의 상흔, 아이가 보이는 특이한 행동들에 관해 확인할 필요가 있기 때문이었습니다. 어머님에게 전화를 걸었을 때 어머님은 용현이와 관련하여 경찰에 신고된 것을 알고 있는 듯하였고, 조사 약속을 금방 잡을 수 있었습니다.

용현이는 나이가 어려서 본인의 의사 표현을 제대로

할 수는 없었지만 담임 선생님이 본인을 화장실에 던져 상처가 났고 많이 아팠다고 말하였습니다.

아버님은 아이가 다쳤을 당시에 담임교사에게 화장실에 들어가다가 화장실 바닥이 미끄러워져 아이 스스로 넘어져서 생긴 상처라고 들었다고 했습니다. 그러면서 아버님은 생각해보니 올해 유독 아이가 이상행동을 보였던 것 같다고 했습니다. 아이가 무섭다고 이야기하고 등원 거부를 하는데 아이가 단순히 어린이집에 가기 싫어서 하는 말인 줄 알고 그냥 지나쳤는데 후회가 된다고 하였습니다.

어머님은 당시 아이가 다쳐서 화가 많이 났지만, 직장 어린이집이라 믿을 만하다고 생각하여 크게 문제를 제기하지는 않았다고 했습니다. 아이가 선생님이 본인을 던졌다고 표현을 하여 교사에게 물어보니, 교사는 용현이 연령대 아이들은 있는 그대로의 사실을 표현하지 않을 수 있다며 아이의 말을 전적으로 믿어서는 안 된다고 하였다고 했습니다. CCTV를 확인해 보자고 하여도 원장님은 화장실에는 CCTV가 없으므로 확인을 할 수 없다는 답을 했다고 하였습니다. 아이가 매우 무섭고 힘들었을 텐데 왜 아이보다 교사의 말을 더 믿고 CCTV를 끝까지 확인하지 못한 자신을 스스로 탓하며 눈물을 보이셨습니다.

용현이네 가족의 진술과 CCTV 영상을 근거로 아동에 대한 학대는 명확하게 확인하였습니다. 이후 용현이는 아동보호전문기관에서 연계한 상담센터에서 정기적으로 심리치료를 받고 있습니다. 심리치료가 잘 이루어져 용현이가 트라우마 없이 잘 자랄 수 있었으면 좋겠습니다.

용현이에게 가해행위를 했던 담임교사는 경찰에서 수사할 계획이며 수사 결과에 따라 다른 처분이 있을 수 있습니다.

그러나 아직 이 사건은 결론이 나지 않았습니다. 前담임교사를 수사하는 과정이 남았으며 추가적인 피해아동, 가해행위자는 없는지 확인이 필요한 상황입니다. 수사가 마무리된다고 하더라도 부모님께서 각종 민사소송을 제기할 수 있으며, 아동학대 신고의무자 위반으로 인해 다른 교사들에게도 처분이 내려질 수도 있습니다. 문제는 이러한 일련의 과정들이 일사천리로 진행되는 것이 아니라는 점입니다. 기약 없이 기다려야 하는 과정에서 아이와 부모님이 심리적으로 많은 고통이 따르겠지만 잘 이겨 내셨으면 좋겠습니다.

누구라도 아동학대 의심 신고를 일찍 해주었으면 아이에게 조금 더 빨리 심리치료를 진행할 수 있었을 것이라는 아쉬움이 남습니다. 누구라도 아동학대 발생 사실을 알게 된다면 적극적으로 신고해 주시기를 다시 한 번 부탁드립니다.

제 7 부 소중한 아이들은 지금

제가 약 2년 동안 여러 학대 유형의 사건들을 담당해
왔습니다. 그러면서 저를 힘들게 했던 사람들도 많았습
니다. 회의록 공개가 안 됨에도 불구하고 지속해서 정보
공개를 요구하는 분, 무슨 법을 근거로 '조사'라고 이야
기를 하는 것인지에 대해 계속 전화 오는 분, 왜 호구조
사를 하냐며 따지는 분, 술에 취해 찾아오는 분 등 힘들
게 하는 민원인들이 많이 있었습니다. 또 조사상담에는
응하지 않고 제 앞에서 "담배 한 대 피워도 될까요?"라

고 묻는 아이도 있었습니다. 이렇게 저와 같은 일을 하는 직원들은 하나의 사건을 담당할 때마다 항상 무거운 마음으로 대상자들에게 전화하고 그들을 만나러 가곤 합니다.

이번에는 제가 맡았던 사건 중 특별히 더 기억에 남는 사례들로 구성해 보았습니다.

1장. 비행청소년들과 있었던 이야기

아동학대 조사를 하다 보면 여러 가지 생각이 듭니다. 분명히 아동의 입장에서 생각하고 아동에게 어떠한 체벌을 해서도 안 됩니다. 그런데 몇 가지 사건들을 보면 아동들에게 꼭 동정심이 생기지만은 않았습니다. 최근 촉법소년[29]인 것을 이용하는 청소년들, 교사의 정당한 훈육을 아동학대로 신고하겠다고 되레 교사를 협박하는 학생들에 대한 뉴스를 본 적 있습니다. 이런 학생들은 가정이나 학교에서 어떻게 훈육을 해야 할까요?

○○면에서 일어난 일입니다. 아버지와 아들이 서로 갈등이 있었고 갈등 끝에 아버지가 아들의 따귀를 여러 차례 때려 아들이 아버지를 경찰에 신고했던 사건입니

---

29) 만 10세 이상 만 14세 미만의 형사미성년자. 형사책임능력이 없기 때문에 형벌이 아닌 보호처분을 받게 됨

다. 경찰에게 통보를 받고, 학대 여부에 대해 조사하기 위해 아버지와 아들을 만나 이야기를 들어 보았습니다. 그런데 아버님은 본인의 상처를 보여주며 아들의 따귀를 때린 것은 맞지만 본인이 아들에게 더 많이 맞았다고 이야기를 하셨습니다. 아들은 고등학생이었고 덩치가 정말 컸었습니다. 아들이 친구들과 어울려 담배를 피우고, 공부를 하지 않고 컴퓨터 게임만 했다고 했습니다. 그래서 공부하라고 말하다가 다툼이 생겼으며 급기야 몸싸움으로 번지게 되었다고 했습니다. 아버님이 "제가 아들을 때렸으니 아동학대 가해자인 것은 인정하겠습니다. 그럼 제가 맞은 것도 신고하면 되나요?"라고 질문하셔서 매우 난감했던 기억이 납니다.

한 번은 본인의 엄마에게 팔을 여러 차례 맞았다고 경찰에 아동학대 신고를 사건이 있었습니다. 신고인은 학교 내 폭행 사건에 연루된 학교폭력 가해 학생으로, 징계위원회에 회부 된 학생이었습니다. 학생의 어머니는 아이에게 정신 차리고 다른 사람을 괴롭히지 말라고 아이의 팔을 여러 차례 때렸다고 했습니다. 그러면서 어머님은 본인도 아이에게 맞은 적이 있다며 피멍이 든 사진을 보여주셨습니다. 피해자이자 가해자인 학생의 편에서 조사하는 것에 회의감이 들기도 했습니다.

또 한 번은 이런 일도 있었습니다. 직업학교 교장 선생님이 A학생이 아동복지시설에 입소를 희망한다며 부모님의 아동학대가 의심된다고 전화를 주셨습니다.

아이가 스스로 부모님과 떨어져서 복지시설 입소를 희망하는 사례는 대부분 부모님에게 심하게 아동학대를 당해 응급조치[30]를 해야 하는 경우입니다.

저는 학생을 시설에 입소시키면 학생 부모님의 거센 민원에 시달릴 수 있다고 생각하고 직업학교로 갔습니다.

직업학교 교장 선생님에게 A학생에게 들은 학대 정황을 자세히 이야기해달라고 했습니다. 그러나 A학생의 부모님이 강박적이라는 말만 할 뿐, 학대 정황은 발견하지 못했습니다. 교장 선생님은 A학생이 사실 학교에서 여러 가지 문제로 물의를 일으켜 소송이 진행되고 있으며, 거짓말을 매우 잘한다고 했습니다. 하지만 색안경을 끼고 학생을 보면 안 되기 때문에 A학생의 말을 믿고 신고를 했다고 했습니다.

---

30) 아동학대범죄의 처벌 등에 관한 특례법 제12조(피해아동 등에 대한 응급조치) : 1. 아동학대범죄 행위의 제지 2. 아동학대행위자를 피해아동 등으로부터 격리 3. 피해아동 등을 아동학대 관련 보호시설로 인도 4. 긴급치료가 필요한 피해아동을 의료기관으로 인도

이에 이상함을 느껴 이어서 A학생을 만나 이야기를 들었습니다. 엄마랑 같이 차를 타고 가다가 갑자기 차를 세워서 야단을 친다, 집에 있는데 거실에서 갑자기 시끄럽다고 한다는 것 정도였습니다. 학생이 엄마와 같이 지내고 싶지 않아서 이렇게 말을 하는 것인지, 정말 큰 학대가 있었던 것을 잘 표현하지 못하는 것인지 판단이 되지 않았습니다. 그래서 어머님 말씀을 들어봐야 아동학대 여부를 명확히 판단할 수 있을 것 같았습니다.

결국 어머님, 아버님, 친척들까지 만나서 이야기를 들어보았고, 학생이 진술한 것과 불일치함을 확인했습니다. 이후 학생은 진술을 여러 번 번복했고, 학대를 당했는지 재차 물어보았는데 확실하게 이야기하지 않고 얼버무리는 모습만 보였습니다. 학생의 진술 번복에 조사 시간이 많이 지체되었고, 시간이 지나서 학생은 사실 학대를 당한 적이 없으며 교장 선생님이 강압적으로 본인에게 아동학대를 당했다고 이야기하라고 해서 어쩔 수 없이 거짓말을 했다고 했습니다. 부모님과는 잘 지내고 있다고 덧붙였습니다. 알고 보니 교장 선생님이 강압적으로 거짓말하라고 한 것도 거짓말이었습니다. 학생의 거짓말로 인해 아동학대가 없었지만, 아동학대로 조사를 한 황당한 사건이었습니다.

가출청소년, 비행청소년, 사춘기 아동을 상담하다 보면 허탈감을 느끼기도 하고 청소년들의 저항감에 부딪혀 힘이 들 때도 있습니다. 그래서 한 심리학과 교수님께 이들에게 적절한 상담 방법에 대해 조언을 구해본 적이 있습니다. 교수님께서는 지금까지 하는 방식들도 훌륭하며, 마음이 다친 청소년과 심각한 증상이나 반항 심리를 가진 청소년들을 제한된 시간과 환경에서 안전하게 보호하는 것은 학계 교수, 임상전문가들에게도 매우 어려운 영역이라고 말씀하셨습니다.

　청소년에 관한 여러 학대 의심 사건을 접해 보면, 대개 사춘기 아이의 반항적인 특징과 성인의 인내심의 한계라는 공통적인 요소가 있습니다. 이런 보호자나 성인을 무조건 학대 가해자라고 표현하는 것이 맞는지 딜레마에 빠지게 됩니다. 법의 테두리 안에서는 성인이 아동을 체벌하고 아동에게 공포심을 유발하였으므로 신체, 정서학대 가해자라고 판단을 합니다. 그렇지만 이렇게 예외를 두지 않는 제도가 오히려 아이를 올바르게 성장하도록 교육해야 하는 부모나 교사에게는 걸림돌이 되지는 않을까 약간의 우려는 됩니다. 하지만 학대 사건에 예외 규정을 두기 시작하면 이를 오용하게 될 소지가 커질 것입니다. 그리고 사춘기 아이들은 성장 과정 중이므로 성인들이 조금 더 폭넓은 이해심으로 아이들을 대하고, 훈육 방법을 계속 공부하고 고민해봐야 할 것입니다.

아이가 버릇없이 행동하고 계속 대들 때, 나는 과연 학대한 부모님들과는 다른 방식으로 우리 아이를 대할 수 있을까? 매번 인내심을 발휘할 수 있을까? 저를 포함한 모든 분이 선뜻 대답하기 어려울 것 같습니다.

그렇지만 정답은 정해져 있습니다.

아이를 때려서는 안 된다는 것을 넘어 아이의 입장에서 생각하는 것입니다.

2장. 계속되는 피해아동의 트라우마

한번은 해바라기센터에서 아버님의 가정폭력 사건으로 어머님을 조사하던 중, 아버님이 아동에게 가한 학대 행위가 만연했다는 것을 확인한 후 시청으로 연락을 주었습니다.

아동의 부모님은 5년 전에 이혼했는데, 어머님이 아버님에게 당한 폭행으로 아버님을 고소하였습니다. 해바라기센터에서 당시의 가정폭력을 조사하였고, 조사 도중 아동에게 가해진 학대 정황이 드러나 아동학대 조사가 필요한 상황이었습니다. 해바라기센터 일정을 확인 후, 아이와 어머님을 만나기 위해 센터에 방문하였습니다.

해당 가정은 5년 전 이혼하여 친모와 여아로 이루어진 한부모가정으로, 5년 전에 있었던 아버님에게 당한 학대 행위에 관해 이야기하였습니다. 아이는 초등학교 6학년이었는데 지금 이렇게 앉아 있는 것도 힘들다고 이야기를 하며 상담을 시작했습니다.

"초등학교 1학년 때 아빠였던 아저씨가 술을 먹고 집에 왔는데 갑자기 저를 깨우더니 화를 내며 뚱뚱하다고 배를 몇 차례 때렸어요. 또 돼지 새끼라고 욕하고 갑자기 뚱뚱하다며 앞으로 밥 먹지 말라고 했어요. 그날은 너무 맞아서 도망치려고 집을 나가려는데 아빠였던 사람이 저를 붙잡았어요. 엄마가 때리지 말라고 하니 엄마를 갑자기 때리기 시작했어요."

"많이 놀라고 무서웠겠네. 혹시 다른 일들도 있었니?"

"당연히 많이 있죠. 제가 뚱뚱하다고 몸무게 상한선을 50kg으로 정해놓고 50kg을 넘어가면 학교 운동장을 뛰게 하고 음식을 못 먹게 했어요. 운동장을 1시간 정도 뛰었는데, 빨리 안 뛰면 저한테 돼지가 될 거냐고 소리쳤어요."

아이는 그동안 쌓여 있던 감정을 표출하며 계속 이야기를 이어 나갔습니다.

"그 아저씨는 저한테 소리치고 욕도 자주 했어요. 그리고 저는 치킨을 정말 좋아하는데, 항상 퍽퍽한 닭가슴살만 먹으라고 해서 엄마가 몰래 방에 갖다 주면 숨어서 치킨을 먹었어요."

아이는 아버님과 떨어져 지내서 다행이라고 했습니다. 아이는 아버님을 칭할 때 '아빠였던 사람', '아저씨'라고 줄곧 불렀으며 본인은 아버지가 없다고 말을 했습니다.

다른 친구들은 아빠와 행복하게 잘 지내는데 본인은 왜 이렇게 살아야 하는지 모르겠다고 말해 안타까움을 더했습니다.

이어서 어머님과 면담을 진행했습니다.

이혼 후 5년이 된 시점에 경찰에 고소하게 된 이유를 이야기하였습니다. 이혼 당시에는 가정폭력 당했던 것들, 전 남편이 아이에게 지속해서 폭행을 가했던 것을 고소하거나 경찰에 신고할 생각을 못 했었다고 했습니다. 그러나 아이가 아빠에게 학대를 당한 후유증으로 정신과 진료를 받고 있는데, 진료를 받으러 다니면서 공익광고를 통해 폭력을 행한 아빠를 고소할 수 있는 것을 알게 되었다고 했습니다. 아이가 아빠를 고소하자고 해서 고민 끝에 용기를 냈다고 했습니다.

아이는 평소에도 "아저씨한테 자주 맞았어요."라는 말을 자주 한다고 했습니다. 아이를 위해서도 이혼한 것이 다행이라고 생각한다고 하였습니다.

전 남편은 아이의 체중에 굉장히 예민했는데, 살을 빼야 한다며 아이가 식사를 못 하게 하고, 새벽에 깨워서 때리고, 언어폭력을 너무나 많이 해서 아이가 스트레스를 많이 받았다고 했습니다. 한번은 아이가 이불을 덮어쓰고 식사를 한 적도 있다고 했습니다.

이상의 이야기들에서 아버님이 아이에게 가했던 폭행들에 대한 진술들을 들을 수 있었고, 영화에서나 볼 법한 이야기 같았습니다.

이후 경찰 수사에서 아버님은 폭행 사실에 대해 전면 부인하였고, 아이 엄마가 본인을 고소한 것은 금전적인 문제를 풀기 위한 것 같다고 했습니다.

심각한 학대를 받은 아이는 부모님이 이혼을 한 5년 전부터 정신건강과에서 계속 치료를 받고 있으며, 아동보호전문기관에서 추가적인 심리적 지원을 받으며 사후관리를 받고 있습니다.

현재 초등학교 6학년인 아이가 5년 전의 일임에도 불구하고 트라우마 때문에 우울증에 시달리며 정신건강과 통원치료를 받는 모습을 보니 학대로 인한 마음의 상처와 후유증은 아무리 시간이 지나도 쉽게 회복이 되지 않는다는 것을 알게 되었습니다. 이 아이의 마음에 난 상처를 완전히 지울 수는 없겠지만 조금이라도 더, 그리고 언젠가는 환하게 웃을 수 있는 아이로 성장하기를 소망합니다.

3장. 설마 내 아이 어린이집 친구가...

어느 남매 이야기입니다.

전날 밤 일어난 일이었는데 아이들 아버지가 어머니를 폭행하여 어머님이 직접 경찰에 신고하였고, 이로 인해 아이들과 어머님은 경찰의 보호를 받아 아이들 외가로 가게 되었다는 내용이었습니다.

경찰이 아이들 부모님을 조사하는 과정에서 부부싸움·가정폭력이 아이들에게 노출되었던 것을 확인하고, 정서학대로 의심되어 연락을 주었던 사건이며 저는 접수를 하자마자 조사를 진행하였습니다.

4인 가족이고 남매 가정(첫째 아들, 둘째 딸)이었는데, 아이들의 어머님은 친모가 맞으나 아버님은 첫째 아들에게는 계부였으며, 둘째 딸에게는 친부였습니다. 말하자면 아이의 엄마는 첫째 아들을 이미 둔 상태에서 이혼하고 재혼한 것이었습니다. 그런데 이 부부는 아이의 양육 문제로 다투고, 어머님이 아버님의 외도를 의심하고 부부 싸움을 자주 하였으며 폭행이 일어나는 경우가 종종 있었다는 것을 확인했습니다.

관련해서 경찰 동행하에 아이들부터 만나보았습니다.

첫째 아이는 8세 남아로, 어렸을 때부터 아버지는 본인에게 큰소리를 내며 욕을 한 적이 있어서 아버지가 무섭다고 했습니다. 주로 본인이 아버지의 말을 듣지 않을 때 화를 낸다고 했으며, 종종 꿀밤을 주기도 한다고 했습니다. 작년에 아버지가 꿀밤을 10대가량 때렸는데 이마가 빨개질 정도로 맞아서 많이 아팠고, 어머니가 약을 발라주었다고 했습니다.

신고 당일에 있었던 일에 관해 물어보았습니다. 자고 있었는데 아버님, 어머님이 싸우는 소리를 듣고 놀라서 깼고, 어머님이 울면서 갑자기 본인과 동생을 데리고 경찰 아저씨들과 같이 외할머님 집으로 갔다고 했습니다.

둘째 아동은 만 3세 아동이라서 대화를 하는 것이 매

우 어려웠습니다. 어젯밤에 엄마, 아빠 사이에서 있었던 일에 관해서 이야기해달라고 여러 방법으로 물어보았으나, 아이는 그냥 행복한 표정만 지었었습니다. 너무나 귀여운 얼굴로 웃으며 저에게 다가와 "아빠가 엄마를 이렇게 때렸어."라며 때리는 시늉을 했습니다. 아이가 환하게 웃는 모습에 저도 모르게 미소 지어졌으나, 해맑은 웃음 속에 감춰진 이야기는 저의 마음을 아프게 했습니다. 그런데 자세히 보니 어디서 본 듯한 아이였습니다. 아뿔싸! 저희 아들이 이전에 다니던 어린이집에 같이 재원하였던 아이였습니다.

아동학대라는 것이 뉴스에서만 나오는 것이 아니라 정말 내 주위에서도 일어나고 있다는 것을 피부로 느꼈던 순간이었습니다.

다음으로 어머님을 만났습니다.

전날 남편과 아이들을 데리고 친정에 가서 저녁 식사를 하기로 했는데, 남편이 친구를 만나겠다며 약속을 어겼다고 했습니다. 너무나 어이없고 황당했지만, 본인과 아이들만 친정에 갔다고 했습니다. 그런데 밤에 남편이 술에 취해서 비틀거리며 들어오는 모습에 너무 화가 났고, 그동안 참아왔던 것들이 한꺼번에 쏟아져 나와 싸우게 되었다고 했습니다. 아이들이 자는 동안 언쟁이 생겼는데 소리가 점점 커지자 아이들이 일어나 거실로 나왔다고 했습니다. 남편에게 손으로 머리를 맞고 발로 차였는데, 아이들이 그 모습을 보고 충격을 받았을 것 같다고 했습니다. 부부싸움이 더 커져서는 안 되겠다고 생각해서 경찰에 신고하였고, 아이들을 보호하기 위해 경찰차를 타고 친정에 갔다고 했습니다.

첫 번째 결혼생활에 아픔이 있기에 두 번째 결혼생활은 잘 지키고 화목하게 잘 지내고 싶었는데, 다시 위기가 찾아온 것 같아 많이 속상해하셨습니다.

남편은 아이가 처음이었기에 아이의 특성을 잘 이해하지 못해 첫째 아이에게 화를 많이 냈다고 했습니다. 벌을 세우기도 하고, 꿀밤을 여러 대 때리고, 회초리로 때리는 등 아이에게 말 못 할 아픔을 많이 주었다고 했습니다. 그러나 둘째 아이는 친자식이라서 그런지 한없이 다정한 아빠였다고 했습니다. 첫째 아이가 아빠의 이중적인 행동에 얼마나 상처를 받았을지 생각을 하면 가슴이 미어진다고 말하였습니다.

이후 아버님과 일정을 잡아 만나보았습니다.

부부싸움에 노출되었던 것에 대해 아이 아버지는 당일 원래 아내 식구들과 저녁 식사가 약속되어 있었다고 했습니다. 사건의 발단은 그 뒤에 시작되었는데 친한 친구 한 명이 사업실패 후 술을 먹자고 했고 본인에게는 너무나 친한 친구이고 아이 엄마도 잘 알고 있어서 친구의 기분을 풀어주고 이야기를 들어야겠다는 마음이 들어 아내 식구들과의 약속을 미루자고 했다고 했습니다. 이에 아이 엄마는 화를 내며 본인에게 욕을 했지만, 친구의 어쩔 수 없는 상황을 설명하고 양해를 구했다고 했습니다. 이후 집에 들어갔는데 아내가 잔뜩 화가 나서 본인에게 모진 말을 했는데, 첫째 아이에게 잘 못 하는 문제, 매일 술을 먹는 문제 등 그동안의 불만들을 털어놓았다고 했습니다. 거기까지는 참을 수 있었는데 갑자기 시댁 욕을 했다고 했습니다. 너무 화가 나서 아내를 손으로 몇 대 때렸고 크게 소리를 지르면서 싸우던 중 아이들이 싸우는 장면을 목격했다고 했습니다. 계속되는 아내의 큰 소리에 손찌검했고 아이 엄마가 경찰에 신고했고 아이들을 데리고 친정집에 간 것 같은데 당일 술에 취해 너무 과하게 행동을 해서 사죄하고 싶다고 말하였습니다.

첫째 아이 관련해서는 사실 내 아이가 아니다 보니 둘째 아이보다 덜 예쁜 것은 맞는 것 같으며 아이를 처음부터 키워봤던 것이 아니라 4살 때부터 키웠기 때문에 아이가 보채고 울고 떼쓰는 것에 대해 참을 수 없어 화를 낸 적이 많았다고 하였습니다.

화를 내서 손을 댄 적도 많은데 지금 와서 생각해보니 아이에게 상처를 준 것에 후회가 된다고 하였습니다. 한번 상처받았던 아이에게 또 상처를 준 것 같아 미안하다는 말을 덧붙이셨습니다. 이어서 둘째에게 아빠의 나쁜 모습을 보여 미안하고 가슴 아프다는 말도 하였습니다.

이후 첫째 아동은 아버님에 의한 신체, 정서학대 피해아동으로 판단하였고, 둘째 아동은 부부싸움 노출에 의한 정서학대 피해아동으로 판단하여 아동보호전문기관에서 사후관리를 받고 있습니다. 아이들이 조금이라도 더 빨리 마음의 상처를 회복하고 마음이 건강해질 수 있도록 부모님과 아동보호전문기관 상담사들이 힘을 내어 주셨으면 좋겠습니다.

둘째 아동은 제 아들과 친하게 지냈고 인사성이 밝고 활발한 아이라서 기억이 나는 아이였는데, 아동학대 조사업무를 담당하면서 이 아이를 마주할 줄은 몰랐습니다. 아들의 친구 가정을 조사하면서 참 세상이 좁다는 생각이 들면서도 아동학대가 멀리 있는 것이 아니라 가까이, 그리고 주변에 있다는 것을 실감할 수 있었습니다.

4장. 나에게 감사하다고?

출근하자마자 전화벨이 울렸습니다.

"○○경찰서입니다. 어제저녁 아동학대 신고가 있었습니다. 이웃 주민이 신고하여서 상황 판단을 하기 위해 저희가 먼저 출동하였는데 특이사항은 없었습니다. 신고된 내용은 밖에서 아버지가 아이를 훈육하다가 아이를 놔두고 가버렸다는 것이었는데, 저희가 현장에 갔을 때는 아이와 아버지가 같이 있었고 별다른 학대 정황이 보이지 않았습니다. 그래도 아동학대로 신고접수가 되었기 때문에 주무관님에게 말씀드립니다."

아이의 아버지가 아이를 밖에 데리고 나가서 훈육을 하다가 이웃에서 이 장면을 목격하여 신고를 했다는 내용이었습니다.

많이 심각한 것은 아닌 것 같다는 말에 조금은 안심이 되었으나 아이와 아버님 사이에 무슨 일이 있었는지는 빨리 파악을 해보고 싶었습니다. 아이와 부모님에게 연락드려 조사 일정을 잡았고 아동부터 만나 보았습니다.

"어제저녁에 무슨 일이 있었는지 이야기해줄 수 있니?"

"아빠가 책을 읽으라고 해서 빨리 읽었어요. 다 읽었다고 하니까 아빠가 책을 제대로 다시 읽으라고 했어요. 그런데 저는 다 읽었으니까 싫다고 했어요. 엄마가 와서 다시 책을 읽으라고 했는데, 안 읽었어요. 그랬더니 아빠가 갑자기 화를 내시면서 밖으로 나오라고 해서 따라 나갔어요. 놀이터에서 아빠가 요즘 왜 이렇게 말을 안 듣는지 물어보면서 저한테 조금 화를 내시긴 했어요."

"갑자기 밖으로 나오라고 해서 무섭진 않았어? 혹시 아빠가 자주 혼내셔?"

"조금 무섭긴 했어요. 그래도 아빠가 자주 화내고 그러진 않아요. 지난달에도 혼났는데, 제가 집에서 뛰어다녔거든요."

"아버지가 혼내실 때, 욕설을 사용하시거나 큰 목소리로 말씀하시니? 아버지의 목소리 크기를 1~10점으로 점수를 매긴다면 몇 점 정도니? 목소리 크기가 높을수록 높은 점수를 주면 된단다."

"아빠는 엄청 무섭게 혼내지는 않아요. 음…. 2점 정도요. 아빠가 저를 혼내시긴 하지만, 때리거나 욕을 하거나 소리치면서 화내지는 않아요."

그리고 놀이터에 가서 아이 아빠는 아동에게 왜 엄마 말을 안 들었는지 물어보셨고 이렇게 아버님에게 혼나는 것은 2달에 1번 정도 있다고 했습니다. 몇 개월 전에도 아버님에게 혼난 일이 있었는데 혼난 이유는 아이가 집 안에서 뛰어놀았던 것 때문이라고 했습니다. 아빠가 집 안에서 뛰지 말라고 말을 했는데 아버님의 말을 안 들어서 혼났다고 했습니다. 아버님이 혼낼 때 목소리 크기는 작았다고 했습니다. 큰 소리를 10점 만점으로 본다면 2점 정도.

"부모님과 사이는 좋은 편이니? 1~10점으로 점수를 매긴다면 몇 점 정도라도 생각하니?"

"10점이요!"

아버지가 맛있는 것을 자주 사주시고 주말이면 박물관, 축구장, 야구장, 대공원에 데려가서 사진을 멋지게 찍어주시기 때문이라고 했습니다. 어머니도 자상하고 학교 수업이 끝나면 항상 데리러 오기 때문에 너무 좋다고 했습니다. 부모님은 부부싸움도 안 하시며, 지금처럼 부모님과 지내는 것이 너무 좋다고 했습니다. 부모님께 따로 바라는 것은 없고 늘 지금과 같다면 좋겠다고 이야기를 했습니다.

아이와의 대화를 통해 아동학대 정황이나 학대 의심 정황은 전혀 찾아볼 수 없었습니다.
이어서 아버님을 만나보았습니다.

상담실을 들어오실 때 다소 경직된 듯했고, 조금 머쓱해하며 쑥스러워하는 모습을 보이셨습니다.

어제저녁, 아이에게 책(두꺼운 책)을 읽으라고 했는데, 아이가 잠깐 읽고 나오더니 게임을 해서 아이에게 야단을 쳤다고 했습니다. 그러자 아이가 발뒤꿈치로 방바닥을 쿵쿵 찍으며 거부하였다고 했습니다. 다시 한 번 책을 읽으러 들어가라고 얘기했는데, 말을 듣지 않아서 밖으로 데리고 나갔다고 했습니다.

아이를 밖으로 데리고 나간 이유는 평소 층간소음 문제로 아래층과 사이가 좋지 않기 때문에 놀이터에 데리고 가서 야단을 치기 위해서였다고 했습니다. 놀이터 그네에 같이 앉아 이야기하다가 살짝 언성이 높아지게 되었다고 했습니다. 발소리를 내는 것을 제발 하지 말자고. 그런데 갑자기 회사에서 전화가 와서 잠깐 전화를 받으러 다른 곳에 갔는데, 이웃 주민분이 아이를 내버려 두고 간 줄 알고 경찰에 신고한 것 같다고 했습니다.

아이가 잘못된 행동을 하면 타이르는 편이고 큰소리를 치거나 때린 적은 없었다고 했습니다. 사춘기라서 그런지 말을 잘 듣지 않아서 감정이 좋지 않은 상태였는데, 층간소음 문제까지 불거져서 많이 예민해진 상태라고 하셨습니다. 부부싸움은 거의 안 하지만, 갈등이 생기더라도 아이가 보는 데서는 하지 않는다고 했습니다. 만약 아동학대로 판단되면 아동보호전문기관이 개입될 수 있음을 안내하자, 아버님은 잠깐 힘들어하는 모습을 보이시다가 본인이 아동학대 가해자로 판단되는 것과 경찰조사를 받는 것은 상관이 없다고 하셨습니다. 그런데 이렇게 조사를 받는 것이 아이에게 상처가 될까봐 걱정이라고 하셨습니다. 아이를 먼저 생각하는 진심어린 마음이 보였고 이후에는 어머님을 만나 이야기를 들어보았습니다.

신고 당일 있었던 일에 대해 아이와 아버님, 어머님의 진술이 같았습니다. 어머님은 아버님의 성품을 알기에 아이를 데리고 밖으로 나가도 전혀 걱정하지 않았다고 하셨습니다. 남편은 아이와 잘 놀아주고 책을 읽어주기도 하고 주말이면 항상 아이와 함께 시간을 보내는 등 좋은 아버지라고 했습니다.

최근 아이가 사춘기에 접어들면서 대화를 하는 횟수가 적어진 것 같다고 했습니다. 아이가 학대 조사를 받는 것 때문에 많은 상처를 받을까 봐 걱정된다고 울먹이셨고, 그동안 아이를 잘 키우고 있다고 생각했는데 이런 일이 생기니 앞으로 아이를 어떻게 키워야 할지 모르겠다며 이야기하셨습니다. 아이를 돌보기 위해 많이 힘쓰고 계신다고 말씀드리면서 어머님과의 이야기를 마무리 지었습니다.

이 사건을 저희 아동보호팀에서는 아동학대 사례가 아닌 것으로 판단을 하였습니다. 아이를 때렸거나 다른 정서학대 정황이 있으면 아동학대 판단을 했을 텐데 아이를 데리고 나와서 훈육을 했던 부분, 층간소음 문제로 아이를 밖에 데리고 나올 수밖에 없었던 상황, 아이에게 기타 훈육을 한 것은 일회성으로 판단하였습니다. 대신 다음에 아동학대로 재신고가 되면 다른 조치가 있을 수 있음을 안내하였습니다.

아이는 부모님을 너무 좋아하고 부모님도 학대 신고 건에 대해 아이가 상처받았을 것이라는 걱정을 하는 등 아이에 대한 진심 어린 생각을 하는 모습을 보며, 해당 가정이 아동학대 의심 가정으로 조사받았다는 사실이 안타까웠습니다. 다만 아이가 사춘기로 접어들고 있고 양육과 관련한 상담을 받아 봐도 좋겠다는 의견을 들어 청소년 상담 관련 기관을 안내해 드렸습니다.

아동학대 사례가 아닌 것으로 판단했다고 어머님께 안내를 드렸는데 너무나 감사하다는 말씀하셨습니다. 아이를 잘 키우기 위해서 책도 읽고 여러 매체를 통해 공부하며 노력했는데, 뉴스에서만 듣던 아동학대 가정이 우리 가정이 될 수도 있다고 생각하니 많이 놀라기도 했고 상처받을 아이가 무척 걱정이 되었다며 울먹이셨습니다. 앞으로는 이런 일이 절대로 없도록 하겠다며 다시 한 번 감사하다고 말씀하셨습니다.

수많은 아동학대 사건 조사를 진행하면서 부모님께서 황당해하시거나 화를 내는 경우가 많았습니다. 그러나 이 사건에서 부모님은 진심 어린 마음으로 아이를 먼저 생각하고 아이의 관점에서 먼저 헤아리려는 모습을 보여 기억에 많이 남습니다.

아이가 잘못된 행동을 한다면 교사나 아동·청소년 전문가와 상담을 하면서 아이의 행동이 고쳐질 수 있도록 노력해주시면 좋을 것 같습니다.

저에게 감사하다는 말씀을 해주셨는데, 본인보다는 상처받을 아이를 먼저 생각하고 아이를 위해 공부하고 노력하시는 부모님의 마음에 저도 감사하다는 말씀을 드리고 싶습니다.

이상 7부에서는 소중한 아이들을 만나면서 기억나고 인상 깊었던 사례들을 보았습니다. 소중한 우리 아이들을 꽃으로도 때리지 말고, 우리에게 온 축복을 감사하게 생각하고 기쁜 마음으로 보듬어주면 좋겠습니다. 또한 나의 잘못된 양육 방법과 양육환경은 아동이 지속해서 어긋나게 할 수 있음을 알아주시면 좋겠습니다.

에필로그 : 우리가 나아가야 할 방향

　전국의 　아동학대전담공무원들은 　평일 　야간, 　주말에도 돌아가며 　당직근무를 　서며 　24시간 　아동학대 　예방을 　위해 힘쓰고 　있습니다. 　긴급 　아동학대 　신고를 　받으면 　바로 　현장으로 　출동하여 　상황을 　파악하고 　대상자와 　가해자를 　면담하고, 　피해아동에게 　적절한 　보호조치를 　하고 　있습니다. 자주 　반복되는 　24시간대기 　체제로 　대다수 　아동학대전담공무원들은 　전화 　노이로제31)에 　걸려 　있을 　것 　같습니다.

　저도 　당직 　날이면 　아동학대 　신고로 　전화가 　올까 　봐 　항상 　신경이 　곤두서있고, 　작은 　진동 　소리에도 　화들짝 　놀라고, 　밤에도 　잠을 　깊게 　자지 　못해 　다음날이면 　항상 　피곤한 상태로 　출근하곤 　합니다.

　아동학대전담공무원들의 　이런 　노력이 　헛되지 　않도록 　앞으로 　우리가 　나아가야 　할 　방향에 　대해 　세 　가지만 　강조하고 　마무리하고 　싶습니다.

　첫째, 　우리가 　아동학대에 　대한 　인식을 　바꿔야 　한다는 것입니다.

---

31) 신경증

아동학대 조사업무가 민간기관에서 공공기관으로 이관될 때부터 약 2년간 아동학대 현장조사를 하면서 다양한 형태의 학대 사례를 접해 보았습니다. 이 과정에서 아동학대 현장조사도 중요하지만, 사후관리를 하는 사회복지사, 상담사, 심리치료사들의 역할이 정말 중요하다는 것을 알게 되었습니다. 가정사, 가구 구성 형태, 구성원들의 역할, 성격 등의 여러 가지를 고려해서 아동과 가해자에게 적절한 서비스를 연계해야 하기 때문입니다. 또한 추후 아동학대 사건이 일어나지 않도록 예방하기 위해 가구구성원 개별적으로 개입을 해야 하므로 높은 역량이 요구되는 것이 사실입니다.

그렇지만 '평안감사도 저 싫으면 그만'이라는 말이 있듯 아무리 아동학대를 예방하기 위해 사회복지사, 심리상담사, 교사 등 전문가들이 아이 훈육 방법, 양육 방법, 아이 특성에 따른 개입방법 등을 안내한다고 하더라도 우리가 받아들일 준비가 되어 있지 않거나 거부하기만 한다면 변화될 수 없습니다.

'꽃으로도 때리지 마라'는 말이 있듯 아이들에게 꼭 회초리나 손으로 때리는 것만이 아동학대가 아닙니다. 큰소리를 치고, 욕설을 하고, 방임을 하는 것도 아동학대가 됩니다. 이는 아이의 마음에 큰 상처로 남아 있게 되고, 아이의 마음에 남은 상처는 쉽게 치유되지 않습니다. 이것은 이후 아이의 성격 형성에도 영향이 있을 수 있으므로 아이를 키우는 부모님들께서 꼭 아셨으면 좋겠습니다.

초등학교 2학년 때 있었던 일이 생각납니다. 어느 날제 앞자리에 앉아 있는 친구에게 지우개를 빌렸는데, 담임 선생님은 제게 지우개 하나 갖고 다니지 않는다며 친구들이 보는 앞에서 모욕을 주었고, 자리에서 일어서게 한 후 제 뺨을 세게 때렸습니다. 저는 그 당시에 상황을 모면하기 위해 지우개를 잘 갖고 다니겠다고 말씀드렸지만, 여전히 그날의 일은 마음의 상처로 남아 있습니다.

아이와 함께하는 모든 분이 꼭 이 책을 읽어보셨으면 좋겠습니다. 과거에는 일상에 만연했을 수도 있고 심각하게 생각하지 않았던 부분들이 요즘은 아동학대에 해당할 수 있기 때문입니다. 앞의 사례들에서 어떤 부모님들은 '이런 것도 아동학대야?', '아이가 말을 안 듣고 통제가 안되는데 그럼 어떻게 해?'라는 생각을 하실 수 있을 것입니다. 아이를 어떻게 훈육을 하고 아이가 크는 시기별로 이렇게 아이를 대하셔야 한다는 말씀을 드리는 것은 저의 능력 밖의 일이며 제가 하는 일에 상응하는 것도 아니기 때문에 논외로 하겠습니다.

둘째, 아동보호를 위한 인프라[32] 구축이 필요합니다.

아동학대 조사 현장에서는 긴급한 상황으로 아동을 가정에서 분리하여 아동복지시설로 입소시켜야 하는 경우가 자주 발생하곤 합니다. 그러나 안타까운 것은 아동복지시설 정원이 초과하여 아이들을 적절히 입소시키지 못하거나 다른 지역 시설로 보내야 하는 경우가 생긴다는 점입니다. 몇몇 지역의 경우 시설 자체가 없거나, 시설이 있어도 턱없이 모자라 응급하게 아동을 시설보호 시켜야 할 때 담당 공무원은 매번 다른 지역 시설담당자에게 간곡히 부탁을 드려야 하는 것이 현실입니다. 보건복지부와 각 지방자치단체에서는 이와 같은 문제점들을 해결하기 위해 많은 노력을 기울이고 있습니다. 이와 같은 노력이 이른 시일 내 결실을 이루었으면 좋겠습니다.

셋째, 국민의 적극적인 관심이 필요합니다.

아동학대는 특정한 날짜, 특정한 상황에서 일어나는 것

---

32) 사회기반시설

이 아닙니다. 본문에서 제 아들의 어린이집 친구를 조사했던 사례를 보셨을 것입니다. 저 역시 많이 놀랐으며 내 주변에서 아동학대가 일어날 수 있음을 여실히 실감했습니다. 아동학대는 우리 주변에서 언제 어디서든 일어날 수 있습니다. 국민의 적극적인 관심과 투철한 신고의식으로 아동학대가 일어나는 장면을 목격하시면 묵과하지 말고 112나 각 지방자치단체 아동학대 신고전화로 신고해 주십시오. 이러한 신고 정신은 아동학대를 예방하고 아동이 살기 좋은 사회를 만들 수 있는 자양분이 될 것입니다.

아이들을 위해 노력하는 부모님들이 많이 계셔서 희망적입니다.

어떤 부모님은 아이가 계속해서 울고 떼를 쓴다며 유치원 교사에게 영상통화를 하며 어떻게 해야 하는지 물어보셨고, 아이를 데리고 스스로 상담소에 찾아가는 부모님도 보았습니다. 또 어떤 분은 육아와 아동 양육에 관한 책을 읽고 독학을 하셨습니다. 이렇게 변화하고 아이를 위해 노력하는 부모님이 많아지는 것이 아동학대 예방으로 이어지는 지름길입니다.

예비 부모님들이 이 책을 보신다면 앞으로 부모가 되어 어떤 식으로 아이를 키우고 어떻게 키우는 것이 아이를 위한 것인지 조금이나마 알게 되실 것이라고 믿으며 유아교육·아동복지를 전공하는 학생, 아동 분야 종사자, 교사, 기타 아동 양육에 관심 있는 모든 분께도 도움을 드릴 수 있을 것이라 확신합니다.

　제가 아동학대 조사 업무를 하면서 가장 뜻깊은 점은 제 아들을 대할 때 한 번 더 생각하게 되었다는 점입니다. 제가 아들을 대하는 태도가 아들에게는 어떤 모습으로 비춰질지, 어떤 심정일지 숙고해보며 조심하게 됩니다.

　그러나 책을 집필하며 반성을 많이 하게 되었습니다. 저는 학부와 대학원 과정에서 사회복지학을 전공하여 아동복지, 가족복지, 가족치료와 관련된 과목을 이수하였고, 관심 있는 과목이라서 열심히 공부했었기 때문에 해당 분야에 대해 많이 알고 있다고 생각했습니다. 그러나 이렇게 생각했던 것이 결국은 자만이었다는 사실을 금방 알게 되었습니다.

　아이들은 우리의 미래입니다. 아이들을 잘 양육하고 아동학대를 예방하는 것은 우리가 앞으로 마주할 사회를 더

욱 튼튼하고 살기 좋게 만드는 것이라고 생각합니다.

이 책을 읽어주신 독자 여러분!
저와 함께 아동학대 예방에 동참해 주시겠습니까?